Alex Marongue

In den Schuhen eines fremden Mädchens

Jugendroman

Impressum

Bibliografische Information der Deutschen Nationalbibliothek:
Die Deutsche Nationalbibliothek verzeichnet diese Publikation in der
Deutschen Nationalbibliografie; detaillierte bibliografische Daten sind
im Internet über http://dnb.dnb.de abrufbar.

Titelbild erstellt auf der Grundlage von „Orange weiße Schuhe" von
Aidan Roof - https://www.pexels.com/de-de/@rozegold/

Herstellung und Verlag: BoD – Books on Demand, Norderstedt

ISBN: 9783759704412

Teil I:
Videos

Anschalten

»Okay und was ist das jetzt?«

»Ein Videorekorder, Bastian.«

»Video ... Das Ding ist doppelt so breit wie meine Konsole daheim und dreimal so schwer! Was willst du da mit Videos?«

»Aufnehmen, was im Fernsehen kommt und auf dem Teil dann wieder abspielen. Die Kassetten dafür liegen da drüben.«

»Schwarze Plastikboxen mit ... Zahnrädern drinnen? Lara, ich habe Schulbücher, die sind dünner als die Teile!«

»Das sind Videokassetten. Du steckst sie hier vorne rein, drückst den Knopf und lässt sie laufen. Da drinnen läuft ein Magnetband mit dem Film drauf.«

»Und der läuft dann auf dem Fernseher?«

»Fast komplett mechanisch und komplett analog!«

»O- ... -kay. Und wie viele Filme sind auf so einer Kassette drauf?«

»Na, einer!«

»Ein ganzer Film auf so einem Plastikklotz, der dick ist wie ein Wörterbuch?«

»So war die Technik früher!«

»Meine Fresse. Wenn ich mir vorstelle: Die DVD-Sammlung von Mama ist ja jetzt schon eine totale Platzverschwendung, wenn man bedenkt, dass die ganzen Filme bei mir auf die Festplatte passen würden. Wenn wir anstatt jeder einzelnen DVD auch noch so ein Riesending ins Regal stellen müssten - da müssten wir mein ganzes Zimmer mit vollstellen und ich müsste im Fahrradkeller schlafen.«

»Ich weiß nicht, wie die das damals gemacht haben. Damals konnte man auch ganz einfach das Fernsehen aufnehmen und angucken, hat mir mein Vater mal erzählt. Klar, Platzverschwendung. Aber die Technik, Bastian, die Technik ist doch einfach krass!«

»Aber das Teil funktioniert nicht?«

»Ich weiß es nicht. Probieren wir es aus!«

»Ohne Fernseher?«

»Ein Problem nach dem anderen. Ich habe keine Ahnung, wie man das Teil anschließt. Wir schauen jetzt erstmal, ob sich da drinnen überhaupt alles bewegt, was sich bewegen soll und alle restlichen Bauteile dabei brav an ihrem Fleck bleiben. Gib mir die Kassette da, ich stecke sie in rein ... und ...«

»Und?«

»Und jetzt hier auf den Play-Knopf drücken, schätze ich.«

Play. Frühling.

Das rote Band des Sonnenuntergangs hat sich bereits hinter die dunkelgrünen Kuppen der Hügel gesenkt. Die Sonne ist untergegangen und das letzte Bisschen Licht, das es noch schwach über den Horizont schafft, färbt den Nachthimmel nur noch hier und da dunkelviolett. Wo nicht die wenigen Laternen leuchten, ist es stockdunkel geworden.

Zwei Jungen, irgendwas zwischen fünfzehn und zwanzig, stehen in den Halbschatten jenseits eines Lichtkegels. Sie lachen, aber auf ihren Gesichtern gibt es keine Spur von Freude. Stattdessen: Horror, Schrecken, Überforderung, Unverständnis. Ihr Lachen ist atemlos und schrill, sie sind blass und man sieht ihnen deutlich an, wie übel ihnen ist vor Ekel und Angst.

Keine vier Meter entfernt, inmitten des Kegels aus Licht, den die Laterne orange auf den Asphalt wirft, kniet ein Mädchen auf dem Boden. Zwischen den Jungen und ihr liegt ein mit Blut besudelter Schraubenzieher auf dem feuchten Asphalt.

Das Mädchen presst ihre Arme gegen ihren Oberkörper. Ihre linke Hand greift in ihre hellblaue Jacke, ihre rechte Hand krallt sich in ihren linken Unterarm. Beide Hände hinterlassen dunkelrote, zähe Flecken auf dem Stoff. Ihre Hände kleben vor Blut. Es ist nicht ihr Blut, sie ist unversehrt - zumindest äußerlich - und doch schreit sie und krümmt sich über ihre verkrampften Hände. Es sind keine Worte, die herauskommen, nur wortloses Schreien, Weinen,

Wimmern. Es sind Schmerzensschreie, auch ohne Verletzung. Die Augen des Mädchens sind weit aufgerissen, als würde sie es nicht wagen, sie zu schließen.

Neben ihr auf dem Boden sitzt ein Junge und wiegt sich vor und zurück, als gäbe es eine leichte Brise, die nur er fühlen würde. Sein Gesicht ist blutleer und weiß wie der Vollmond, der über ihnen durch zerfetzte Wolken lugt. Sein Kopf schwankt ganz sachte hin und her, als fiele es ihm schwer, das Gleichgewicht zu behalten. Um seine rechte Hand ist ein Pullover gewickelt, durch den langsam Blut sickert.

Ein weiteres Mädchen kniet neben ihm, zittert vor Kälte, weil sie nur ein dünnes T-Shirt trägt, und presst den Pullover auf die Hand des Jungen, während sie hastig und mit zittrigen Lippen auf ihn einredet. In der anderen Hand leuchtet der Bildschirm ihres Smartphones.

Für eine Sekunde ist alles um sie herum auf der ganzen Welt erstarrt und verstummt und alles, was zu hören ist, ist Wimmern, Schreien, Lachen und Flüstern, während die Nacht immer dunkler wird, wie im steigenden Nebel erstickt. Das Universum ist gefroren, erstarrt und bekommt Risse.

Stopp. Zu weit. **Zurückspulen bis zum Anfang.** Herbst.

Kathrin hätte Marie am liebsten an den Armen festgehalten - oder besser an den Schultern gepackt. Nicht die Arme anfassen, die Wunden, Kathrin wollte Marie nicht wehtun. Aber trotzdem: Sie hätte ihre beste Freundin am liebsten durchgeschüttelt - oder umarmt und umklammert, bis sie endlich wieder miteinander reden konnten, bis sie beide endlich wieder ruhiger waren. *Am liebsten würde ich ihr eine klatschen!* Das war ein böser Gedanke!

Marie war komplett aufgewühlt, zittrig, über und über mit Energie aufgefüllt. Das Letzte, was Kathrin jetzt brauchte, war, dass Marie ganz den Kopf verlor. Dass sie sich einfach vor Marie gestellt hatte und ihr den Weg versperrte, konnte schon genug Provokation sein. Kathrin hatte über die vielen Jahre ihre Erfahrungen mit Marie gemacht, aber trotzdem: Kathrin blieb stehen.

»Marie, bitte! Lass uns zumindest kurz miteinander reden. Wir gehen rüber in den Garten, setzen uns kurz und reden, oder ...«

Aber Marie unterbrach sie: »Es gibt nichts zu sagen und hören will ich noch weniger! Kathrin! Ich will nur weg!«

Panisch blickte Marie hinter sich in die Richtung des Gemeindehauses, das ihnen Ministrantinnen jeden Sonntagabend auch als Jugendzentrum diente. Die Gruppenleiterin, die den Schlüssel hatte, hatte gerade erst aufgeschlossen und es war noch kaum jemand da. Fast nur ein paar Kleine. Aber natürlich sah das Marie nicht so. Sie war so gehetzt, dass sie nur wusste: *Jemand* war da. Und sie ertrug *niemanden*! Sie hatte ihre linke Hand in ihren rechten Unterarm gekrallt.

»Wir können doch zusammen ...«, versuchte Kathrin Marie kraft- und mutlos davon zu überzeugen, innezuhalten und abzukühlen. Ganz kurz wieder die Oberhand über ihre Panik zu erringen.

»Kathrin, bitte! Lass mich einfach heimgehen! Es gibt kein *wir* und es gibt kein *zusammen*. Du hast damit nichts zu tun und ich will nicht, dass du da reingezogen wirst und etwas damit zu tun hast, nur weil du ... mit mir etwas zu tun hast ...! Weil halt ...«

In ihrer Aufregung verlor Marie den Faden und stolperte über ihre letzten Worte, ohne noch einen klaren Satz rauszubekommen. Beschämt und verwirrt ließ sie ihre Worte einfach ins Nichts auslaufen und verstummte.

Kathrin nutzte die Stille als Chance für das Letzte, was ihr noch einfiel, um ihre Freundin doch noch überzeugen zu können.

»Marie, das stimmt nicht. Ich will doch bleiben und dir helfen! Oder einfach dabei sein! Damit ... halt ... zu tun haben, also mit dir, Marie. Wir sind doch Freundinnen. Und außerdem: Es ... Es ist doch jetzt schon ein bisschen her und wir wissen gar nicht, ob es überhaupt noch jemand hat oder ob es noch irgendwer gesehen hat!«

»Niemand weiß das! Du nicht, ich nicht, keiner! Franziska ist da, die kennt die ganze Geschichte und hat das Video vielleicht sogar gesehen auf der Party. Garantiert! Und ich will nicht rausfinden, wer von denen noch was weiß. Du willst meine Freundin sein und hast mich trotzdem überredet, wieder hierher zu kommen. Das war so ein Fehler! *Lass mich durch!*« Die letzten Worte schrie Marie ihrer besten Freundin, ihrer einzigen Freundin, ins Gesicht, ging auf sie zu und als Kathrin nicht auswich, machte Marie einen Schritt zur Seite und presste sich zwischen Kathrin und dem Zaun neben ihr hindurch.

Kathrin versuchte noch, sie aufzuhalten, und streckte ihre linke Hand aus, um sie zu stoppen, sie sachte an der Schulter zu fassen, irgendwas - Marie schlug ihre Hand in blinder Wut weg, zuckte zurück und starrte auf die Haut zwischen Daumen und Zeigefinger ihrer Hand. Ein kleiner, rosa Striemen zog sich über ihre Handfläche.

Sie ist an meinem Fingernagel hängen geblieben, dachte Kathrin. *Ich habe sie gekratzt. Oder nein. Marie hat sich an mir gekratzt.*

»Keiner kann mir damit helfen!«, schrie Marie Kathrin ins Gesicht. Das war der Moment, den Kathrin befürchtet hatte. Der plötzliche, kleine Schmerz hatte Marie das letzte Bisschen Selbstkontrolle zerfetzt. »Du auch nicht! Lass mich einfach! Du! Franziska! Timo! Verpisst euch alle!« Sie fuhr herum und marschierte die Straße entlang, ohne sich umzudrehen.

Kathrin blieb zurück und blickte ihr hinterher. Auch sie hatte zu zittern angefangen, auch an ihr ging das alles nicht spurlos vorbei: Auch ihre Knie bebten, ihre Schultern waren verkrampft, ihre Lippe vibrierte, ihre Augen waren feucht geworden.

Es war nicht nur die Angst um Marie, manchmal war es auch ein kleines bisschen Angst vor ... Nicht vor ihr. Eher davor, worüber Marie die Kontrolle verlor, wenn sie keine Kraft mehr hatte, um alles zusammenzuhalten, was in ihr brodelte.

Kathrin hatte die Tränen in Maries Augenwinkeln gesehen, Tränen der Verzweiflung - aber wie immer genauso auch Tränen der Wut. Des Hasses. Ihr jetzt hinterherzugehen hatte gar keinen Sinn und würde sie nur wütender machen.

Kathrin seufzte und schaute wieder den Kiesweg hinauf Richtung Gemeindehaus. Egal ob die anderen Jugendlichen wussten, worum es gegangen war, den Radau hatten sie auf jeden Fall mitbekommen.

Es war manchmal schwierig, mit Marie Gartner befreundet zu sein. Und manchmal, wie jetzt, konnte es auch irgendwie ... peinlich sein. Ein komischer Gedanke, kein schöner Gedanke, aber wahr.

Im Jugendzentrum würden sie nichts sagen oder fragen. Auch nicht jemand eher giftiges wie Franziska. Aber die Augen würden Kathrin folgen. Die Augen, die nichts anderes sagten als: »Wieso kümmerst du dich um jemanden, die so große Probleme macht. Nur Probleme ...« Sie verstanden Freundschaft nicht. Freundschaft, die manchmal auch schwer sein konnte.

»Gut, dass du mich nie gefragt hast, ob ich das Video gesehen habe ...«, flüsterte Kathrin Marie hinterher.

Verdammt! Hoffentlich würde sie es auch nie tun. Marie würde sofort verstehen, wenn Kathrin log.

Stopp. Ein Stück Vorspulen. Play.

Marie versucht zum wiederholten Mal, sich die widerspenstigen blonden Strähnen aus dem Gesicht zu pusten. Es klappte nicht. Ein paar Haare flatterten ein bisschen herum und legten sich anschließend wieder an ihren Nasenrücken, blieben an ihren blonden Brauen hängen, kitzelten ihre Wangen und ragten ihr ins Blickfeld.

Die verdammten Haare kotzten sie an. Schon lange hatte sie sie sich schneiden lassen wollen, aber Oma hatte jedes Mal blockiert. *Ein Mädchen sollte zumindest einmal **versuchen**, wie ihm lange Haare stehen. Immer nur so kurze Haare ist doch schade. Das muss man doch mal einsehen! Blahblahblahblahblahblah.* Und Marie hatte sich gefügt, den Mund gehalten und stumm genickt, weil Oma ohnehin schon so oft so traurig guckte, wenn sie ihre Enkelin länger als eine Sekunde anschaute. Seit dem Spätsommer war es sogar noch schlimmer geworden. Seit dem Herbst.

Jetzt rächte sich Maries Nachgiebigkeit. Mit einer Hand hielt sie ihr Werkstück aus Aluminium fest, mit der anderen hielt sie den Schraubenzieher fest umklammert und versuchte mit so viel Kraft, wie sie irgendwie aufbringen konnte, eine Schraube in das Material zu zwingen. Es fehlten nur noch zwei Umdrehungen der Schraube, vielleicht auch nur noch eine, aber das Dreckding bewegte sich einfach nicht mehr.

Je mehr sich Marie anstrengte, umso schwitziger wurde ihre Hand, das Handgelenk pikste immer mehr, ihr Nacken verkrampfte sich und jetzt fielen ihr auch noch die. Verdammten. Haare. Ins. Gesicht! *Die ich schon lange schneiden lassen wollte, aber nur wegen Oma noch habe, damit sie nicht immer nur so scheißtraurig ist, weil sie wegen jedem Dreck von der Schule angerufen wird, weil ihre dumme, missentwickelte Enkelin schon wieder irgendeinen Mist gebaut hat!* Und jetzt klebten ihr die verdammten Haare im verschwitzten Gesicht, stachen ihr in die Augen und sie konnte sie sich nicht wegwischen, solange die ... verdammte ... Schraube ... nicht .... drinnen!

»Scheiße«, entfuhr Marie ein Schrei der Anstrengung und des Frustes, als der Schraubenzieher in ihrer Hand abrutschte und mit ihrer ganzen lodernden Wut in der Tischplatte einschlug, wo er stecken blieb. Marie hatte die Spitze tatsächlich ein paar Millimeter in das Holz gerammt.

Wenn ich mit der rechten Hand gezuckt hätte, würde er jetzt in der stecken, dachte Marie, während sie sich schwer atmend das Haar endlich aus dem Gesicht wischte und das schwere Werkstück in der Hand wiegte. Sie zitterte, ihre Finger, ihre Knie. Alles wurde dunkler um sie herum, als ob plötzlich jemand das Licht gedimmt und die Vorhänge zugezogen hätte, als hätten sich dunkelgraue Wolken vor die Sonne draußen gezogen. Die Farben um sie herum wurden grau und ihre verkrampften Finger wurden taub. Der Raum wurde enger. Die Schatten wurden dichter und begannen zu kriechen.

Atmen! Nur nicht durchdrehen. Augen offen halten!

»Immer auf den eigenen Kopf vertrauen und in einer solchen Situation niemals etwas automatisch oder von alleine passieren lassen«, erklärte ihr Dr. Lichel fast jede Woche bei ihren Terminen. Meistens, wenn sie mit einer neuen dummen Geschichte aus der Schule in die Therapie kam. Weil es Stress gegeben hatte oder sie im Streit zu Hause wieder irgendwas an die Wand geschmissen hatte, fast als hätten es ihre Hände von alleine getan, hatte Marie das Werkstück schon angehoben und es juckte sie in den Fingern, das dumme Ding einfach durch den Werkraum zu katapultieren. Einfach weg. Einfach zerstören. Am liebsten gegen etwas schmeißen, das beim Aufprall zerstörerisch schepperte, Dutzende scharfkantiger Scherben hinterließ.

Noch mal ein Vorfall und sie würde die Freiarbeitsstunden am Nachmittag nicht mehr im Technikraum verbringen dürfen!

Marie tat es nicht - stattdessen knallte sie es mit ein wenig mehr Kraft als notwendig auf den Tisch und blickte auf.

Über den Rand seiner Brille und den mit Papieren und Werkzeugen überfüllten Lehrerpult hinweg beobachtete Herr Baldung Marie - wie lange schon? *Die ganze Zeit über?*, fragte sich Marie. *Und er denkt sich seinen Teil?* Oder hatte er erst aufgesehen, als sie geschriene hatte?

»Gut, dass die Tische in meinem Technikraum älter sind als manche Eltern von euch, Marie, sonst müsste ich der Chefin eine Schadensmeldung vorlegen und erklären, wieso in die Tische zentimetertiefe Löcher geschlagen werden. Und da müsste dann dein Name auftauchen.«

»Ist maximal ein Zentimeter oder sogar weniger. Gibt's dafür Ärger?«, fragte Marie viel kleinlauter, als sie ertrug und fummelte dabei am Griff des Schraubenziehers auf und ab.

»Wenn ich mich manchmal zu lange ablenken lasse und mich anschließend wieder umdrehe, erwische ich manchmal einen Fünftklässler dabei, wie er versucht, ein Stück aus dem Tisch herauszusägen. Ich glaube, wenn es schon so weit ist, können wir dein ehrliches Versehen ruhig ignorieren. Aber tu dir nicht bitte nicht weh, ja? Ich habe die Schraubendreher erst neu anschaffen lassen und die Dinger sind verdammt spitz! Da leistet ein Handwurzelknochen unter Umständen nur wenig Widerstand. Zeig mal her, was mit deiner Arbeit los ist.«

Aufstehen, sich bewegen, irgendwie zumindest ein bisschen Energie rausbekommen tat gut. Marie umrundete die Werkbank, griff sich im Vorbeigehen ihre Arbeit und trottete zum Tisch von Herrn Baldung. Ihr folgten die Augen der anderen. Sie wurde angesehen - beobachtet - sogar von den verdammten Fünftklässlern, die mit ihr hier in der klassengemischten offenen Projektarbeit Mittwoch Nachmittag waren. Marie hatte sich langsam über die letzten Monate daran gewöhnt. Ein bisschen zumindest. Ganz langsam zumindest. Es war erträglich geworden, solange sie es schaffte, selber wegzugucken, sich abzulenken - und die anderen ihre Drecksgedanken bei sich behielten.

Herr Baldung nahm Maries Werkstück entgegen. Es hätte eigentlich ein Abroller für Klebestreifen und eigentlich auch schon fast fertig sein sollen. Zwei Aluminiumblöcke vorne und hinten, eine Holzrolle dazwischen, zusammengehalten von in Form gesägten Messingplatten. Aber genau an dieser Stelle haperte es.

Herr Baldung prüfte die Schrauben, ruckelte und gab Marie den auseinanderfallenden Abroller zurück.

»Wirklich stabil ist dir das ja nicht gelungen, Marie. Die Schrauben an den Seiten musst du fest anziehen können, sonst hält da nichts und hält nicht dagegen, wenn du versuchst, ein Stück Klebeband abzureißen. Durchgebohrt hast du. Wahrscheinlich ist das Gewinde nicht tief genug eingeschnitten. Hol dir die Gewindeschneider und arbeite da noch mal nach.«

»Herr Baldung! Muss das sein?«

»Oder nimm ein Teil mit heim, das zu wackelig ist, als dass man es benutzen könnte und das man genauso wegschmeißen könnte, Marie!«, erwiderte Herr Baldung sachlich und bestimmt. Er hatte ja recht, aber er erlaubte Marie auch, frustriert zu sein.

»Ich habe den einen Gewindeschneider fast abgebrochen, weil er sich eingefressen hat.«

»Dann lernst du eben, zärtlicher zum Werkzeug zu sein. Wenn du das Teil abbrichst, musst du den Alu-Block komplett von Neuem machen.«

»Bitter ...«, seufzte Marie, nahm ihren Abroller wieder an sich und hatte sich schon wieder halb umgedreht, um an ihren Platz zurückzukehren, als es klopfte und die Tür auf den Flur aufging. Zuerst wurde eine große Einkaufstasche vom Supermarkt, aus der ein großer schwarzer Kasten herausragte, durch die Tür geschoben. Dann kam der Arm zum Vorschein, über den die Tasche geschultert war und schließlich der Besitzer des Armes und der Schulter: Bastian aus derselben Klasse wie Marie. Er guckte schüchtern von den Werktischen zum Lehrertisch, blieb kurz an Marie hängen, ohne aber irgendwie richtig zu reagieren, und guckte schließlich einfach zu Boden, ohne irgendwas zu sagen.

Aber wo Bastian war, musste natürlich auch Lara sein - und prompt schob die sich durch den Spalt zwischen der offenen Tür und Bastian und marschierte zielstrebig auf Herrn Baldung zu.

»Lara! Du bringst mir dein neues Privatprojekt?«, begrüßte sie der Lehrer, während Bastian hinter ihr her die Tasche schleppte. Sah schwer aus. *Natürlich muss er das Zeug rumschleppen, das eigentlich Laras ist,* dachte Marie. *Wie immer.*

Für ein paar Sekunden war sie in Gedanken stehen geblieben und als Marie schließlich an ihren Platz zurück schlurfte, kam sie an dem Tisch vorbei, auf dem Lara gerade ihre Tasche auspackte. Herr Baldung beugte sich über den schwarzen, rechteckigen Kasten, der ungefähr halb so groß war wie ein Einzeltisch in den normalen Klassenzimmern. Er hatte eine breite Klappe an der Vorderseite. Daneben links und rechts gab es ein paar altmodische Plastikknöpfe und ein kleines, schwarz schillerndes Bildschirmchen. Der hintere Teil war silbern und mehrere Stecker und Anschlüsse in verschiedenen Größen und Formen ragten aus dem Metall heraus. Bastian stand an der Ecke des Tisches, so weit wie möglich von dem seltsamen Gerät entfernt. *Lara hat ihn ihren Kram hertragen lassen und jetzt muss er sich aus dem Weg stellen, damit er nicht stört.*

»Was ist das für ein Teil?«, fragte Marie Bastian, als sie an seinem Ende des Tisches vorbeikam, ohne ihn zu begrüßen. Niemand erwartete Freundlichkeit von Marie und sie entsprach gerne dieser Nicht-Erwartung.

»Ein Video-Rekorder«, antwortete Bastian. »Anscheinend konnte man damit früher Filme angucken und vom Fernsehen aufnehmen.«

»Das Teil sieht aus, als wäre es älter als meine Mama. Wow. Sah außerdem ziemlich schwer aus!«

»Schwerer als meine Schultasche, kann ich dir sagen. Und ich habe das heute früh schon zur Schule geschleppt.«

»Wie Laras braver Packesel«, antwortete Marie mehr sich selbst aber doch laut genug, dass Bastian sie hörte.

»Haha! Halt die Klappe!«

»IiiiiiiiiiiiiiiAaaaaaah!«, imitierte Marie einen Esel, während sie weiterging.

Manchmal war es zu schwierig, Bastian überhaupt nicht zu zeigen, wie erbärmlich sie ihn fand. Manchmal tat er ihr leid, wie er niemand anderen hatte als dieses Mädchen, in die er so verliebt war und die jetzt doch nur seine beste Freundin war - jeder wusste, wie komisch das bei den beiden war. Manchmal, ganz selten ... beneidete Marie die beiden.

Es waren noch zehn Minuten bis zum Ende der siebten Stunde und damit, bis sie gehen konnte. Sie *durfte* bleiben, Herr Baldung hatte nichts dagegen, die Nachmittagsbetreuung der Jüngeren ging noch 45 Minuten weiter. Aber sie *konnte* auch schon in zehn Minuten gehen und so gern sie diesen ganzen technischen Blödsinn auch hatte, nicht in der Schule sein zu können hatte immer Vorrang gegenüber dem In-der-Schule-Bleiben. **Immer**.

Außerdem wollte sie Mateo in der Stadt treffen. Mateo, der einzige, der noch keine Ahnung gehabt hatte, was im Sommer passiert war, als sie aufeinandergetroffen waren, weil er erst seit einem halben Jahr auf der Wedekind-Realschule war. Nachdem die Gerüchte herumgegangen waren. Sie hatten sich angefreundet, es hatte funktioniert, aber es war klar, dass Marie diese Freundschaft auf einer Rasierklinge balancierte.

Sorgfältig packte Marie ihr Werkstück und die Bauanleitung zusammen und verstaute den Karton im Schülerregal, kehrte ihren Tisch und räumte die Werkzeuge auf. Mit zwei Zwingen in den Händen und dem Schraubenzieher von vorhin in einer der vielen Hosentaschen kam sie am Tisch von Lara und Herrn Baldung vorbei. Bastian stand immer noch an der Ecke des Tisches und langweilte sich.

Das Gerät war mittlerweile aufgeschraubt worden und die beiden spähten hinein. Das Innenleben des Videorekorders war silber-glänzend. Ganz vorne links der Klappe ragten zwei breite, schwarze Plastikzylinder hervor mit Schrauben in der Mitte und drei kleinen Haken daran. Darunter, halb unter einer Metallplatte versteckt, waren dünne, weiße Zahnräder zu sehen. Um diesen Mechanismus herum gab es eine Menge an Kabel, Drähte, eine braune Platine und unzählige kleine, graue, runde und eckige Metallbauteilchen.

So bescheuert es zuerst ausgesehen hatte: Das Teil war doch ganz interessant. Marie schielte weiter auf den Tisch und lauschte dem Gespräch zwischen Techniklehrer und Schülerin, während sie ihre Sachen aufräumte.

»Hast du das Teil schon mal ausprobiert?«

«Ich weiß noch gar nicht genau, wie ich das Ding an unseren Smart-TV anschließen kann. Wir haben den Rekorder mal so laufen lassen, aber die Mechanik klappt nicht und knackt ganz komisch.«

»Ich bin kein Elektrotechniker, Lara. Ich kann meinen 3-D-Drucker mitbringen und wir können ein Zahnrädchen austauschen, aber an die Platine werde ich nicht rangehen können. Wo hast du das überhaupt aufgetrieben?«

»Der Keller von meinem Onkel. Der entrümpelt Haushalte und hat in seinem Lager allen möglichen Elektroschrott ... Ich hoffe nur, dass das keiner ist. Er hat mir sogar ein paar Videokassetten in die Hand gedrückt, um zu gucken, ob es klappt. Diese beiden Spulen hier, die drehen sich irgendwie ungleich schnell. Wenn ich da eine Kassette jetzt einlege ...«

»Dann dreht das Teil durch und entweder das Magnetband reißt oder es verteilt sich wie ein Nudelsalat im ganzen Gerät.«

...

Lara und Herr Baldung unterhielten sich so noch weiter, aber um den Tisch herumzuschleichen, um zu lauschen, würde nur komisch aussehen.

Und sich wirklich einzuklinken in das Gespräch war einfach ... unmöglich! Lara hatte ein paarmal von dem Gerät aufgeblickt und ganz nett, aber auch verwirrt geguckt, als sie Marie sah, die am Tisch stehen geblieben und zugeguckt hatte, wie sie an den Plastikteilen hantierte. Es war der Gesichtsausdruck von jemandem, die einen sonst so gekonnt ignorieren konnte, dass man weder eine gute noch eine schlechte Meinung von ihm oder ihr haben konnte. Sie lächelte nicht, aber sie starrte auch nicht.

Vielleicht weiß sie gar nicht, wieso alle anderen mich immer so anstarren, überlegte Marie, aber das war ganz sicher Wunschdenken. *Sie hat es selber nicht gesehen, aber sie muss davon gehört haben.* Vielleicht hatte sich Lara nur entschieden, dass *es* kein Grund war, sie anders zu behandeln - und anders zu ignorieren - als vorher.

Verloren im immer gleichen Gedanken - *wer weiß was?* - warf Marie ihre Sachen in die Tasche, schulterte sie und lief aus dem Werkraum, ohne sich von irgendjemandem zu verabschieden. Die Tür war schon wieder ins Schloss gefallen, als der Gong ertönte, der das Stundenende signalisierte.

Stopp. Kassette wechseln. Play.

Mateo blickte von seinem Mathe-Aufgabenblatt auf. Er hatte genau das gleiche Blatt vor drei oder vier Wochen schon mal gemacht, aber die Lusche von Nachhilfelehrer hatte es entweder nicht gemerkt oder es war ihm egal. Dieser Student, der ganz offensichtlich viel Ahnung von Mathe und null Ahnung davon hatte, es zu unterrichten, wirkte die meiste Zeit so desinteressiert am Unterricht, wie es Mateo auch war. Eigentlich *sollte* es ihm nicht egal sein, jede 4 in Mathe war hart erkämpft und immer verdammt knapp - aber diese Nachhilfe war auch nur mehr vom Gleichen. Wenn Mateo rauskam, verstand er fast genauso wenig, wie als er hereingekommen war. Wie sollte man da Lust darauf bekommen, sich reinzuhängen?

Es waren noch fünfzehn Minuten. Wenn er sich unauffällig gab, würde er rauskommen, ohne dass der Typ seine Aufgaben kontrollieren würde und sich Mateo erklären lassen musste, was er alles falsch gemacht hatte. Das Besprechen falscher Aufgaben ging ihnen gleichermaßen auf den Geist.

Fünfzehn Minuten noch. Marie würde sicher schon auf dem Flur sitzen und auf ihn warten.

Sie machten das mittlerweile schon seit Monaten so - seit irgendwann im November klar geworden war, dass er es alleine in Mathe nicht packen würde. Jetzt war es schon Ende Februar, Mateo war seit fast einem halben Jahr an der Schule und ziemlich genau so lange mit Marie befreundet. Sie holte ihn von der

Nachhilfe ab, er sie von den Gesprächen bei Dr. Lichel.

Als Kiril vom Klo zurück ins Zimmer kam, erhaschte Mateo einen Blick auf den Flur. Niemand da. Komisch.

Kiril entging das nicht. Er war in der achten Klasse, aber im Gegensatz zu Mateo am Gymnasium und das machte ihn ... zwei Jahre jünger als Mateo? Die Rechnerei hin und her war nie ganz einfach, wenn man älter war als alle anderen um einen herum.

Kiril grinste schräg.

»Deine verrückte Freundin ist noch gar nicht da! Hat sie dich versetzt?«, flüsterte er Mateo zu, während er sich setzte.

»Sie ist nicht meine Freundin!«

»Also dann eben deine *verrückte Bekannte*!«

»Wenn du nichts anderes sagen kannst, dann halt die Fresse!«, fauchte Mateo leise und schielte dabei vorsichtig zu ihrem Nachhilfelehrer hinüber. Der war aber weiter ganz in sein Handy vertieft. Es interessierte ihn anscheinend überhaupt nicht, was abging, solange es einigermaßen ruhig blieb.

»Ich habt wohl Streit?« feixte Kiril.

Nein, hatten sie nicht - zumindest nicht, so weit Mateo wusste. Wenn Marie aus ihrer Routine ausbrach, musste das gar nichts bedeuten. Eine Kleinigkeit, ein Versehen - oder es bedeutete, dass sich eine Krise anbahnte. Mateo blickte auf sein Handy, aber es gab keine Nachricht.

»Vielleicht ist sie beschäftigt?«, murmelte Kiril gespielt unschuldig in sein Matheheft hinein. »Muss nach der Schule ein neues *Filmchen* mit jemandem machen ...«

Kaum dass Kiril das F-Wort hörte, gefror etwas in Mateo, seine Brust wurde für eine Sekunde eiskalt, starr und klein.

»Halt bloß die Schnauze! Was weißt du schon?!«

»Beruhig dich mal!«, zischte Kiril sofort und zu laut zurück. »Ich geb ja zu, ich weiß nichts als die Gerüchte, die sogar bei uns auf der Schule aufgetaucht sind. Aber deswegen wollte ich *dich* ja mal fragen. Bei uns hat es ja keiner gesehen - glaube ich, jedenfalls, aber es war für ein paar Tage Thema: *Das Video, das an der Realschule herumgezeigt wurde*. Da müsst ihr doch miteinander geredet haben, oder?!«

»Du bist krank, wenn dich das so interessiert!«

»Meine Fresse! Ist ja gut! Ich dachte ja nur, immerhin seid ihr doch so gut befreundet!«

Er versteht wirklich nicht, wie mies es ist, so locker über so was zu reden, dachte Mateo. Aber von sich konnte er auch nicht behaupten, alles zu verstehen. Er wusste davon, ja, aber Marie hatte es ihm gegenüber nie angesprochen. *Andere* hatten mit ihm darüber reden wollen, aber er hatte immer abgeblockt. Wie jetzt auch mit Kiril. Was ging sie das an, was er sich dachte?

»Ich meine, sie hat ja irgendwie Glück gehabt, oder nicht? Es wurde ja anscheinend nicht so krass rumgezeigt oder rumgeschickt. Hab ich zumindest so gehört.«

Mateo starrte Kiril an, ein bisschen sprachlos, ein bisschen wie erstickt. Halb war es, weil er so schockiert war davon, wie unbekümmert dieser Idiot von etwas schwafeln wollte, dass er ganz klar nicht verstand. Halb fühlte Mateo aber auch, dass ein viel bittereres Verstehen ihm den Hals zuschnürte: Mateo hatte sich das gleiche auch schon gedacht. Marie hatte vielleicht Glück gehabt, dass das Video keine großen Runden gemacht hatte.

Irgendwie hatten die meisten gedacht, dass man Scheiße gebaut hatte, dass es mies gewesen war - aber dass man die Sache nicht *noch schlimmer* machen würde.

Aber durfte Mateo das denken? Konnte er ihr das sagen?

Katrin hatte irgendwann letzten Monat mal so was Ähnliches gesagt. Aber das war etwas anderes. Kathrin war Maries älteste Freundin seit der Grundschulzeit. Ihre einzige Freundin. Und am Ende war die genau so ratlos gewesen wie Mateo, der Marie erst seit einem Schulhalbjahr kannte, aber dem sie genau so viel bedeutete.

Kaum, dass der Minutenzeiger der Uhr über der leeren Tafel die *12* erreichte, packten Mateo und Kiril ihre Stifte, Blöcke und Arbeitsblätter zusammen, stopften ihre Sachen in ihre Taschen und zogen sich die Jacken über.

»Wollt ihr nicht noch die Ergebnisse überprüfen?«, rief ihnen der Nachhilfelehrer noch hinterher, aber die beiden Jugendlichen waren bereits auf dem Flur. Kiril verschwand, ohne sich noch mal umzudrehen. Er hatte niemand, auf die er wartete. *Jemand, um sich Sorgen zu machen.* Mateo blieb stehen und blickte sich unschlüssig um. Marie war nicht da. Eine Nachricht hatte sie immer noch keine geschickt.

Bandsalat

Der typische Frühling-Nieselregen klebte Marie wie Glasperlen im dünnen, halblangen Haar, als sie die Metallbrücke betrat, die sich neben dem Bahnhof über die Gleise spannte und die Innenstadt für Fußgänger mit dem Hügel verband.

Es regnet nie *richtig* im Februar, es war immer nur dicker Dunst, als liefe man durch den Nebel einer Sprühflasche. Niemand kann dieses Gefühl ausstehen. Kein Regenschirm hilft, weil die Nässe von überall gleichzeitig auf einen zukommt. Die Luft ist zu dieser Jahreszeit noch so kühl, dass einem die eisige Feuchtigkeit die Kraft aus den kalten, steifen Fingern saugt. Aber sie fühlt sich gleichzeitig schon so schwül an, dass man unweigerlich davon zu schwitzen anfängt. Die Kleidung nässt aus allen Richtungen durch, klebt einem am Rücken, an den Oberschenkeln, an der Brust, fängt an zu jucken und zu kratzen und dadurch wird alles nur noch schlimmer. Man fühlt sich klebriger, schwitzt und es wird einem *noch kälter*, man geht schneller, bekommt mehr vom Nieselregen ab, die Haare fangen an zu tropfen, man strengt sich an, schneller zu gehen, und schwitzt davon nur noch mehr.

»Fatum aeternum, reditus aeternus«, seufzte Maries Opa gelegentlich, wenn es ihm mit seiner Enkelin genauso ging wie ihr gerade mit dem Wetter. Immer wieder die gleichen schlechten Neuigkeiten. »Ewiges Schicksal, ewige Wiederkehr«, murmelte er dann manchmal noch hinterher in seinen Bart hinein.

Mittlerweile hatte er seine Enttäuschung verarbeiten können, dass Marie nie Latein lernen und seine Sinnsprüche ohne Übersetzung verstehen können würde. In der Fünften war das noch anders gewesen. Er hatte wohl geglaubt, sie würde sich doch noch fangen, doch noch seinen Ansprüchen gerecht werden ... Auf seine strenge, fordernde Art hatte er doch noch irgendwie Glauben in seine Enkelin gehabt. Ihre Großmutter war einfach sauer geworden, als klar geworden war, dass sich Marie gerade mal so auf der Realschule würde halten können. Opa war traurig gewesen. Betrübt.

»Saudade«, hatte er es genannt, weil Latein anscheinend manchmal nicht reichte und er auch noch mit Portugiesisch um sich werfen konnte ... ...

Marie wurde aus ihren Gedanken herausgerissen, als sie auf vom Nieselregen heimtückisch glatt gewordenen Metallboden der Brücke beinahe ausgerutscht wäre.

»Verdammt!«, Marie fluchte leise und blickte sich um. Komplett mit ihren Erinnerungen beschäftigt und ohne es wirklich mitzukriegen, war sie ihren Weg gegangen, von der Schule den Hügel hinunter die Straße entlang und zur Metallbrücke.

Wenn ich anfange, mich wegzuträumen, jedes Mal, wenn ich mich daran erinnere, dass ich jemanden enttäuscht habe, werde ich zur Schlafwandlerin, dachte Marie, während sie weiterging und sich die *verdammten, zu langen Strähnen aus dem Gesicht wischte, die nur noch nervtötender geworden waren, weil sie vom verdammten Regen jetzt auch noch feucht und umso klebriger in ihrem Gesicht herumklatschten!*

Ein Schauer stieg von Maries Knöcheln auf, durchfuhr ihre dünnen Glieder und ließ ihre schmalen Schultern erzittern. Ihre Socken waren durchnässt und ihre Füße eiskalt, eine vorprogrammierte Erkältung. Ihre Schuhe waren viel zu dünn für die Temperaturen und natürlich auch nicht wasserdicht.

Das war Marie egal gewesen, als sie sich heute Morgen angezogen hatte und es war ihr jetzt auch noch egal. Sie liebte ihre dünnen Stoffschuhe, die sie in vielen langweiligen Unterrichtsstunden mit dickem Filzstift verziert hatte. Sterne, Monde, Herzen, Mittelfinger und ein, zwei Wörter, die man im Unterricht nicht sagen durfte, ohne Ärger zu kriegen. Aber man konnte ihr ja schlecht die Schuhe abnehmen ...

Das war es ihr wert, zu frieren, auch wenn sie sich davon eine Erkältung einfing oder, noch schlimmer, eine Blasenentzündung oder sonst irgendwas Übles.

Und wenn ich eine Lungenentzündung bekomme?

...

Und wenn die so richtig gefährlich wird?

Dann würde man in der Schule etwas Neues haben, worüber man sich das Maul zerreißen konnte ... Oder sie würden zwei Geschichten haben. Oder sie würden sich etwas daraus zusammenreimen, eine bizarre, dritte Geschichte, zu dumm zu glauben aber gemein genug, um sie zu verbreiten.

Marie ging weiter und schüttelte dabei den Kopf so stark, dass ihr fast sofort davon schwindlig wurde. Aber sie machte trotzdem weiter, als könnte sie die dummen Angstgedanken durch die Ohren aus ihren Kopf schütteln. Auch wenn sie komplett bescheuert aussah. Auch wenn sie sich lieber am Geländer über den Gleisen festklammern würden und einfach nur Schreien. *Aber das gibt nur Stress!!*

Marie schüttelte ihren Kopf, auch wenn sie zu stolpern begann - und aussah, als ob sie betrunken wäre, ***besoffen wie in der Nacht im letzten Sommer****!* - und hörte sofort damit auf. So wurde sie die Gedanken nicht los. Also einfach weitergehen. Nicht daran denken.

Während Marie die Metallbrücke überquerte, sah sie unter sich einen Zug aus dem Bahnhof ausfahren. Es war eine der zweistöckigen, roten Regionalbahnen. Marie blieb nicht stehen, aber sie verfolgte den Zug mit den Augen, als sie weiterging und er unter ihren Füßen und dem Gitterboden der Brücke hindurchrollte. Sie könnte in diesem Zug sitzen. Keine Ahnung, wohin er fuhr, *ist auch vollkommen egal. Er fährt weg.*

Es war ein so komisches Gefühl, den Zug von oben zu sehen, seiner Bewegung zu folgen, während sie in eine andere Richtung weiterging, dass Marie fast schon wieder schwindlig davon wurde. Die Fenster sahen viel zu klein und krumm aus, die Oberseite des Zuges war voll technischer Geheimnisse, die man sonst nie zu sehen bekommen konnte. Es war unwirklich, als wäre sie ein Stück aus der Realität herausgetreten, die sie gewohnt war. In die Welt eines anderen, eines fremden Menschen, der solche Dinge täglich sehen konnte, solche Perspektiven gewöhnt war, ein fremder, den man sonst nur beobachten konnte ... und in dessen Augen man gerade geschlüpft war.

Marie dachte noch daran, dass sie auf die andere Seite der Brücke wollte, an das Geländer, den Zug ins Tal hinabfahren sehen. Aber irgendwie fühlte es sich schon so an, als wären es nicht *ganz* ihre Füße, die sie dorthin lenkten.

An Februarnachmittagen zog die Sonne schon langsamer über den Himmel, aber anstatt dass das Tageslicht länger hielt, zog sich einfach nur das rot-blau-violette Zwielicht zwischen Tag und Nacht länger hin. Die Scheinwerfer der Autos waren alle schon an und ihre Lichter wurden von den unzähligen Nieseltropfen in der Luft gebrochen und gespiegelt, als ob jedes Auto ein Kaleidoskop vor sich herfahren würde. Perlenstränge aus Licht vor einem fast schwarzen Hintergrund, denn die Laternen wussten anscheinend noch nicht, wie mit dem Frühlingszwielicht umzugehen war. Sie sprangen noch jeden Abend zu früh an.

Marie konnte sich im Glänzen und Spiegeln verirren, sie konnte vergessen, wohin sie eigentlich unterwegs war. Manchmal sahen sogar die unmittelbare Umwelt, die Stadt und die altbekannten Straßen so fremd aus. Winkel und Farben, die Marie nicht mehr erkannte, wie aus der echten Welt herausgefallen.

Und selber ...

Selber fühlte sich für Marie jeder Schritt an wie an einem Marionettenfaden gezogen, wie wenn sie eine Fremde von innen heraus beobachten konnte, deren Finger vage ähnlich lang und dünn waren wie die eigenen. Eine Fremde, die an ihren kalten, feuchten Füßen Turnschuhe hatte, die so ganz ähnlich aussahen wie die eigenen, geliebten Stoffschuhe, die sie mit dickem, schwarzem Filzstift selber wirkungsvoll verziert hatte ...

Die Fremde ... Der Fremde? Wie krass schade das wäre, wenn es ein*e* Frem*de* wäre, eine fünfzehnjährige Fremde, der man es trotzdem noch nicht ansehen konnte, wenn sie an sich herunterblickte, weil es genauso gut ein zwölfjähriger Junge hätte sein können, bei alldem, was es nicht zu sehen gab.

Woher aber wusste Marie, dass der Fremde (die Fremde?) in seinem (ihrem?) fremden Körper kalte Füße hat, wenn es nicht doch die eigenen ...

»Marie!«

...

...

Ein Name, der fast bekannt klang.

...

...

Marie blickte nach unten, an ihrem dünnen Körper hinab, an den Knien vorbei und auf den Boden. Die fast bekannten Schuhe standen in einer flachen Pfütze und sogen sich langsam mit Wasser voll.

»Marie!« Die Stimme war jetzt lauter und näher.

...

...

Marie blicke von ihren Schuhen auf. Es war Mateo, der auf sie zukam, winkte und so aussah, als wüsste er nicht, wie er sich zwischen Genervtheit und Sorgen entscheiden sollte und deswegen zwischen beiden Gefühlen hin und her taumelte. Bestimmt und schnell überquerte Mateo die Straße. Seine wachen, kastanienbraunen Augen hielten sie fest - aber auf eine freundliche Art.

»Bist du schon fertig mit der Nachhilfe?«, fragte Marie mit einer belegten Stimme, als müsste sie bei den ersten Worten noch wachsam darauf lauschen, ob es auch wirklich ihre war.

»Seit zehn Minuten! Ich habe erst oben auf dich gewartet und dann vor der Tür. Ich habe dich angeklingelt, aber du bist nicht rangegangen. Hast du's nicht gemerkt?«

Marie nickte und schüttelte dann doch den Kopf.

»Ja. Nein. Vielleicht.«

Vielleicht hatte sie das Vibrieren am Oberschenkel in der Hosentasche gefühlt. Vielleicht auch nicht.

»Tut mir leid, Mateo. Ich habe irgendwie nicht auf die Zeit geachtet. Ich bin von der Schule runtergelaufen.«

»Du hast nicht den Bus genommen?«, fragte Mateo überrascht und bekam zur Antwort von Marie nur wieder ein verwirrtes Kopfschütteln. »Kein Wunder, dass du mich fast versetzt hast!«

»Es tut mir leid«, murmelte Marie. »Hast du noch Zeit, dass wir uns was zu trinken holen?«

Mateo zuckte mit den Schultern.

»Können wir schon machen. Wo willst du hin?«

»Egal. Zum Bahnhof, der Back-Shop dort. Hauptsache, ich kriege was Warmes zu trinken. Mir ist kalt.«

Mateo klagte Marie sein Leid über die unsinnig schwierigen Aufgaben, die er in der Nachhilfe aufgetischt bekommen hatte, während sie die fünfhundert Meter vom Nachhilfeinstitut zum Bahnhof die Fußgängerzone durchquerten. Mateo erzählte, wie ihm Mathe auf den Geist ging, aber: »Du hast die letzte Klassenarbeit von Herrn Baldung gesehen! Wenn ich noch mal so eine Note einfahre, nehmen mich Boris und Jana wieder von der Schule und stecken mich zu meinem Bruder in den inklusiven Kindergarten!«

»Du willst ja nicht, dass ich dir in Mathe helfe«, murmelte Marie, aber Mateo merkte ihr deutlich an, dass sie nicht richtig zuhörte. Und Mateo sagte ohnehin nur, was sie auch so schon wissen würde. Denn natürlich schwieg er sich komplett über das aus, was Kiril gesagt hatte und was er von ihm hatte hören wollen.

Diese Sache steckte wie ein Dorn in ihrer Freundschaft. Beide wussten es, aber beide konnten nicht damit umgehen, es auch nur ansprechen, vielleicht auch nicht einmal richtig daran denken.

Aber irgendwie musste er sie endlich darauf ansprechen - oder nicht? Etwas zog in Mateos Bauch und seiner Brust, etwas machte ihn zittrig, eine Angst vor den ersten Worten und genau so die Angst, alles ungesagt und unangesprochen zu lassen.

...

Marie hörte erst zu frösteln auf, als sie ihren Kakao in Händen hielt und den Becher wie den Griff eines Schwertes an ihren schmalen Oberkörper unter der zu dünnen Jacke presste.

Marie und Mateo wanderten nebeneinander den Weg zurück, den sie gekommen waren und weiter die Fußgängerzone entlang. Marie sagte nichts und starrte an die Fassaden der Läden. Ihre Augen zogen von Schaufenster zu Schaufenster. Mateo fand, dass ihre Augen von den Auslagen richtig zu schillern schienen, als wären sie auf eine gute Art feucht geworden. In allen Schaufenstern, egal ob Bäcker, Schuhgeschäft, Schreibwaren, Brillen, überall war alles voll mit Konfetti und Papierschlangen, die Auslagen waren mit Karnevalsmasken, Bonbons und Clownsfiguren ausstaffiert. Im Schaufenster einer Apotheke lagen traditionell geschnitzte Holzmasken im Fenster. Ihre Augen waren dunkle, harte Schlitze im Holz und ihr Grinsen ungemütlich bedrohlich. Die Münder waren zu breit und die gefletschten Zähne zu groß.

Mateo fand dieses ganze Fastnachtsgetue, die Musik, den Lärm, die ganzen Leute eher unappetitlich und diese traditionellen Kostüme und Holzmasken noch dazu mehr gruselig als witzig. Mehr zu gebrauchen, um an Halloween die Leute zu überfallen, als um an Fasching zu feiern.

Aber Marie schien es ganz anders zu gehen. Ihre Augen wanderten von Deko zu Deko und blieben an jedem Stück für den Bruchteil einer Sekunde hängen.

»Diese Holzmasken finde ich extrem zu creepy!«, versuchte sich Mateo daran, irgendwie ein Gespräch anzufangen. »Geht dir das nicht auch so?«

»Du musst dir die Teile nur ganz genau anschauen! Das Geile an ihnen ist: Jede Maske ist anders. Die sind ja alle handgeschnitzt. Du versteckst dich dahinter und niemand erkennt dich, egal wie nahe du ihnen bist - außer die, die so eingeweiht sind, dass sie dich *und* deine Maske kennen. Auch verkleidet bist du noch einzigartig und kannst dir selbst aussuchen, wen du einweihen willst und wem du fremd bleiben möchtest. Diese Masken verstecken *und* kennzeichnen dich gleichzeitig. Sie sind einfach perfekt. Mateo! Wer braucht so was nicht?!«

»Ich ... Ich weiß nicht«, gab Mateo zu. »Warst du mal in so einem Fastnachtsverein? Hast du so eine Maske?«

»Kannst du dir das vorstellen? Ich in einem Partyverein?« Marie schüttelte den Kopf. »Aber ich mag das alles trotzdem. Alle sind gut gelaunt, alle lachen und vor allem: Alle lachen *dich an*! Oder mich, halt. Und zwar egal, was vorher war und danach sein wird. Oder ob man Probleme hatte oder haben wird miteinander. Das ist ganz ... ungewohnt.

Und genau dafür sind die Masken da! Selbst, wenn man ahnt, wer darunter ist: Die Masken helfen, Abstand voneinander zu haben und gerade deswegen helfen sie dabei ... nett zueinander zu sein.«

Mateo zog skeptisch die Brauen zusammen.

»Okay, keine Ahnung. Ich mache mir nichts aus so was und meine Elt-... also, Boris und Jana feiern das gar nicht. Mein kleiner Bruder im Kindergarten, klar, aber sonst ... Bei uns sind alle total auf Weihnachten eingestellt. Kerzen, Singen, Geschichten, so Zeug halt.«

»Nein, nichts für mich. Das ist immer so halbdunkel, so feierlich und ernst und unheimlich schön, klar, aber man merkt umso mehr, was fehlt, weil alles so eng und abgezählt ist. Fasching ist anders.«

»Weniger abgezählt, dafür aber umso mehr abgefüllt«, sagte Mateo. Ein Herzschlag verging - und dann erst begriff er, dass er etwas Dummes gesagt hatte.

»Schon klar«, gab Marie zu. »Aber es kann auch ohne Alk Spaß machen. Ohne harten Alk, halt. Es ist schon von alleine lustig. Die Musik, das bescheuerte Getanze. Man darf sich nur nicht zu tief reinziehen lassen. Ich habe seit dem Sommer meinen Geschmack an dem ganzen Trinken verloren. Aber da warst du ja noch nicht bei uns ... wir haben uns noch nicht gekannt.«

»Es ist wegen der Sache mit ...«, hob Mateo an. Der halbe Satz war schon draußen, bevor er sich wieder gefangen hatte, und darüber nachdenken konnte, *was* er eigentlich gerade sagte. *Einfach mal mit der Tür ins Haus fallen*, schoss es ihm durch den Kopf. *Verdammt!*

Aber irgendwie musste doch irgendwas gesagt werden! Sie hatte es doch schon angesprochen, jetzt *mussten* sie darüber sprechen. *Oder nicht?*

Marie war stehen geblieben und starrte auf den Becher. Er zitterte. Ihre Hände, die den Becher umklammerten, bebten.

Mateo und Marie standen inmitten der Fußgängerzone, links von ihnen die große Drogerie mit mehreren Stockwerken, rechts von ihnen, hinter einem Grünstreifen mit Bänken und noch kahlen Büschen war der Elektronikmarkt. Es war einiges los, Nachmittagstrubel eben. Aber als Mateo Marie so anblickte, fühlte es sich so an, als hätte sich eine Blase aus Stille um sie herum gebildet. Die Menschen, die durch das halbdunkle Nieselwetter hasteten, waren verschwommen und dumpf geworden.

»Klar weißt du davon. Irgendjemand muss dir davon erzählt haben! Ich bin dumm gewesen, dass ich nicht daran gedacht habe. So verdammt dumm ...!« Marie flüsterte in ihren Kakao-Becher hinein, aber Mateo hörte trotzdem deutlich jedes Wort.

Dieses Mädchen, mit der sich Mateo am ersten Tag an der neuen Schule erst letzten Herbst angefreundet hatte - dieses Mädchen sah er zum ersten Mal. So verschüchtert, so leise. Er wusste, dass es nicht immer einfach für sie war - sie hatte ihm gegenüber nach drei Wochen Freundschaft schon kein Geheimnis mehr aus den Narben und deren Herkunft auf ihrem rechten Arm gemacht. Aber trotzdem ... Marie so zu sehen.

»Das hat doch nichts mit dumm zu tun, dass du ... also ...«, versuchte Mateo, irgendwie etwas Tröstendes rauszubringen, aber es gelang ihm einfach nicht und Marie riss ihn schließlich aus seinem dummen Gestammel heraus: »Doch, dumm. Ich war so verdammt dumm und bin es immer noch!«, fauchte sie Mateo so scharf und laut an, dass die Blase der Stille um sie herum kurz Risse bekam: Passanten drehten sich irritiert, neugierig und missmutig zu dem lauten, groben Mädchen und ihrem Begleiter um.

»Warte!«, rief Mateo, als sich Marie schon daran machte, sich einfach umzudrehen und in der Menschenmenge unterzutauchen, ohne sich auch nur zu verabschieden. Wie sie es manchmal tat - einfach abhauen, wenn ihr ihre Gefühle zu stark wurden.

»Marie, warte!«, wiederholte Mateo und streckte die Hand aus, um sie irgendwie zurückzuhalten. Aber wie? Sie hatte ihm die rechte Körperseite zugewandt - er konnte sie nicht am Arm packen! Also berührte er sie irgendwie am Ellenbogen und versuchte sie ganz sanft mit dem Zeige- und Mittelfinger ein kleinbisschen zurückzuziehen. Mateo erschreckte fast ein bisschen darüber, dass Marie überhaupt keinen Widerstand leistete und sich wieder halb zu ihm umdrehen ließ. Sie blickte ihm nicht in die Augen, sondern starrte nur kurz auf seine sauber lackierten, lila Fingernägel und dann auf ihre nassen Schuhe.

»Jemand hat dir davon erzählt?!«

Mateo nickte. »Schon im Oktober oder wann. Andere Jungs aus der Paraklasse halt. In Sport oder so. Dumme Gerüchte habe ich gedacht.«

Marie schüttelte den Kopf. »Vielleicht nur Gerüchte. Irgendeine Übertreibung. Aber das meiste war ganz sicher wahr. Du hast mich deswegen nie gefragt?«

»Ich wusste nicht, wie man so was ansprechen soll und überhaupt, es geht mich nichts an, oder?«

Endlich guckte Marie wieder auf und ihre eisblauen, zitternden, schillernden Augen erfassten Mateo. Es geht dich nichts an, ob eine Freundin - also eine normale halt, gute Freundin - solche Geschichten hat?«

»Ich kann mir ja Sorgen machen deswegen, aber es ist nicht mein Job, irgendwas wissen zu wollen ...«

Marie schnaubte zur Antwort und klang dabei ein klein wenig verächtlich. Aber Mateo konnte auch sehen, dass kurz so etwas wie ein Lächeln aufgeblitzt war. Ihr hatte anscheinend die Antwort gefallen.

»Aber jetzt traust du dich, über mich zu reden? Ganz plötzlich? Wie soll man so was erzählen ... fuck! Ich glaube nicht, dass ich es erzählen kann oder will ... Aber ... Aber *willst* du es wissen?«

Die fünf letzten Wörter waren wie Stromschläge, die durch Mateo zuckten und ihn erstarren ließen.

Er wusste nicht, wo er hinsehen sollte, was er denken sollte. Natürlich *wollte* er es. Er war sich unsicher, aber Marie behielt ihn fest im Auge. Ihre alte, normale Kraft war zurückgekommen.

»Du hattest Angst!«, stellte Marie fest. »Und ich habe auch nicht darüber reden können. Mit niemandem ...«

»Kathrin?«, fragte Mateo.

»Kathrin zählt nicht! Die kennt mich seit der Krabbelgruppe und hat mehr Zeit mit mir verbracht als meine Mutter ... Komm! Lass uns an den Bach gehen! Oder? Du hast doch noch Zeit?«

»Klar«, nickte Mateo und folgte Marie, wie sie sich einen Weg durch das geschäftige Treiben der Stadt bahnte.

...

Irgendwo vor ihnen führte jemand seinen Hund durch das hohe Gras. Vorhin waren sie von einer Joggerin überholt worden. Sonst war der Fußweg leer und so still, dass sie ihren Schritten und dem Rauschen und Gluckern des Baches lauschen konnten.

Es gab hier nur alle paar Dutzend Meter eine funzelige, orange Laterne. Das war ganz schön in lauwarmen Sommernächten, wenn man ein zwielichtiges Stück Wiese brauchte, aber immer noch auf dem Heimweg etwas sehen können wollte. Aber an einem kalten, stockdunklen, wolkenverhangenen Februarvorabend boten sie eindeutig nicht genug Licht, um sich alleine sicher zu fühlen. Gut, dass sie zusammen waren.

Mateo schielte zu Marie hinüber, die ihren mittlerweile leeren Becher trotzdem immer noch an sich presste. Sie sah nicht so aus, als machte ihr die dichte Dunkelheit so viel aus wie ihm.

In der kühlen Luft hing der Geruch nasser Erde schwer, fast erstickend und lullte Mateo ein bisschen ein. Das war der erste Frühlingsduft, noch bevor die ersten Schneeglöckchen ihre Köpfchen aufmachten.

»Willst du mir sagen, was du genau von den anderen gehört hast ...?«, fragte Marie unvermittelt und ohne aufzublicken.

Mateo wollte einfach nur den Kopf schütteln, aber das würde als Antwort natürlich nicht reichen, denn sie sah ihn nicht an. Also musste er den Mund aufmachen und etwas sagen. *Ob sie das absichtlich so gemacht hat?*

»Nein!«, presste Mateo durch seine trockene, zugeschnürte Kehle hindurch heraus. Er klang wie eine der dummen Krähen, die auf dem anderen Bachufer in den hohen Platanen zu Dutzenden lebten und herumkrakeelten.

»Du willst es hören, aber nicht mit mir reden. Das ist verdammt schäbig! Und dann bist du auch noch ein Typ! Mit Kathrin konnte ich schon nicht darüber reden und sie ist ein Mädchen, sie interessiert sich nicht für die Sache selber ... also, auf die Art ... also, glaube ich. Nicht wie ein Junge ... also, wahrscheinlich, halt, ich habe keine Ahnung, ob Kathrin auf so was steht ...« Marie stockte, atmete hörbar ein. Sie zitterte im Inneren, man hörte ihren Atem rasseln. »Aber mit einem Typen darüber reden? Mateo, das ist so ... so falsch, weil man nie weiß, was sich ein Junge dabei denkt! Was er sich vorstellt.«

»Bei mir auch?«, fragte Mateo. Der verborgene Vorwurf stach ein bisschen ... auch wenn sie ein bisschen recht hatte.

»Bei dir auch. Bei allen, Mateo. Du bist genau so ein Junge wie alle! Ich weiß es nicht, was du dir vorstellst in deiner Fantasie und kann es nicht wissen und weil es so normal ist für alle, kann ich nicht einmal böse sein ... nur traurig. Und ich kann ein bisschen Angst davor haben.«

»So schlimm?«

»Ja, so schlimm, Mateo! Du ... du kannst das nicht verstehen«, fauchte Marie und ihre Augen glänzten dabei, als sprühten sie Funken.

»Okay, also ... du wurdest doch bestimmt auf das Video angesprochen. Alle, die mir zu nahe sind, werden damit genervt. Wurdest du?«

»Von manchen Trotteln.«

»Wann das letzte Mal?«

»...«

»Mateo, bitte!«

»Vorhin erst, in der Nachhilfe. Von einem Typen auf dem Gymnasium.«

»Verdammt! Das tut mir leid!«

»Es ist nicht deine Schuld!«

»Aber es fühlt sich so an. Und es gab auch genügend Leute, die mir das so gesagt haben.

Versteckt oder ganz deutlich. Verdammt, Mateo, ich will es dir ja eigentlich erzählen und muss es irgendwie auch: Nicht einmal meine fucking Therapeutin weiß etwas davon. Also: Timo. Der Timo aus der zehnten Klasse. Timo und ich haben eigentlich gar nichts miteinander zu tun. Wir sind nicht befreundet. In der Schule reden wir nicht miteinander und außerhalb der Schule schreiben wir nicht und sehen uns auch nicht oder so. Er ist einfach ein netter, hübscher Typ, also, du verstehst schon! Ich habe überhaupt nur mit ihm was zu tun gehabt, weil wir uns letzten Sommer auf dieser Party getroffen haben. Ich bin da nur hin, weil ich mich an Leute drangehängt habe, die ich kannte. Franziska, von unserer Jugendgruppe. Kathrin wollte erst nicht, ist dann aber doch noch mitgekommen, weil sie mich wohl nicht alleine lassen wollte. Sie hatte recht. Ich war noch nie auf einer Party spätabends - kannst du dir ja denken. Und wenn Ältere da sind, heißt das auch immer, dass es was zu trinken gibt. Zu viel und gewohnt ist man ja eh nichts. Ich war's zumindest nicht. Aber es hat mir Spaß gemacht, die meisten dort haben mich entweder nicht gut gekannt oder gar nicht geblickt, dass ich es bin. Spaß ... ja Spaß hat das schon gemacht! Die Party war drüben im Gewerbegebiet in der ausgeräumten Garage der Eltern von einem Kumpel von Timo. Luxuriöses Ding, mit einem Badezimmer und zwei kleinen Zimmerchen mit Couch und Kühlschrank. Wie ein Schrebergarten für eine teure Karre. Es war eng und laut und weil es dort keine Anwohner gibt, hat es auch niemanden gestört, dass eine laute Party bis tief in die Nacht ging. Und wenn man keine Ahnung von solchen Partys hat, hat man auch keine Ahnung, wann man aufhören muss. Es war einfach zu viel. Viel zu viel. Und irgendwann hat mich dann Kathrin zur Seite genommen und mir gesagt, sie geht jetzt heim und will mich mitnehmen. Aber ich war eben schon komplett durch, sie hat es gemerkt, aber sie hatte auch die Schnauze voll von der Party, auf die sie von Anfang an keine Lust gehabt hatte. Und wahrscheinlich auch von mir. Und ich war einfach ... süchtig nach diesen Momenten auf dieser Party. Ich bin geblieben in dieser Menge an Menschen, mit denen ich so wenig zu tun hatte, dass alles sich irgendwie *normal* angefühlt hatte. Ich hatte damals schon einen scheiß Ruf, aber dort hat es irgendwie niemanden interessiert. Also ist Kathrin gegangen und ich bin geblieben und ich kam irgendwie dazu, mit Timo zu reden. Er war schon so fertig wie ich und ...«

... und anstatt weiterzusprechen, lief Marie los. Sie rannte nicht, aber sie verfiel aus dem Stand in einen Marsch, der so zügig war, dass Mateo fast nicht mehr hinterherkam.

Er rief ihr ihren Namen hinterher, aber Marie reagierte nicht, wurde nicht langsamer, drehte sich nicht um, zuckte nicht einmal.

»Warte doch!«

Sie antwortete nicht, aber sie wurde zumindest auch nicht schneller, als Mateo endlich mit ihr aufgeholt hatte.

Sie will nicht von mir weglaufen, dachte Mateo. Es fühlte sich an, als wollte sie von allen weglaufen - und am meisten von sich selber. *Kein Wunder, dass Marie dann so in Panik ist*, überlegte Mateo. Fünfzig Meter, einhundert Meter, zweihundert hasteten die beiden durch die Dunkelheit, schwiegen, waren schon auf halbem Weg zum Gymnasium, das am anderen Ende des Fahrradweges rechteckig und dunkel in den Abendhimmel ragte. Endlich wurde Marie langsamer und steuerte auf eine Bank zu, die über den schmalen, glänzenden Stadtbach blickte. Marie setzte sich und Mateo zögerte, folgte ihr aber schließlich auf die Bank mit gebührendem Abstand.

»Die Sache, wie soll ich das einem Jungen erzählen? Ich will schon nicht darüber nachdenken, ich will schon zweimal nicht, dass meine Großeltern mich so ... so angucken, wegen der Geschichte ... als jemand anderen. Und du weißt ja doch schon alles!«

»Aber du wolltest eigentlich auch darüber reden, oder?«, fragte Mateo zögerlich.

Kopfnicken zur Antwort.

Schweigen.

Hörbares Einatmen.

»Was hast du gedacht, als wir uns kennengelernt haben?«

»Als wir uns ... wie wir uns kennengelernt haben ...?«, fragte Mateo.

»Ja! Ich meine, wir wurden doch schnell Freunde und es muss eine kurze Zeit gegeben haben, wo du von dieser Sache noch nichts wusstest, wir uns aber schon kannten«, erläuterte Marie und schaute Mateo dabei flehentlich an, als würde sie nur eine positive Antwort ertragen können.

»Schon«, antwortete er trotzdem nur schmallippig. Er hatte Marie schon oft sauer erlebt, aggressiv, vor Begeisterung überquellend, voller Energie, schreiend ... Aber das war etwas anderes. Aufgewühltheit.

»Und?«, fragte Marie.

»Ich dachte, dass du komisch und aggro bist und irgendwie interessanter bist als die Langweiler halt«, antwortete Mateo und spürte dabei, dass er rot wurde. Auch wenn ein Junge und ein Mädchen schon einfach nur gute Freunde sein konnten ... *Solche Gespräche* wurden dann halt doch langsam komisch. Oder etwa nicht?

»Was hast du dir gedacht?«, fügte Mateo hinzu.

»Dass du auf eine gute Art sehr still bist.«

»Kann man von dir nicht behaupten. Als Herr Baldung in der ersten Woche noch die erste Gruppenarbeit gemacht hat, hast du geschrien: *Der Neue kommt zu uns!* und hast auf dich und Kathrin gezeigt. Und als irgendjemand irgendwas Dummes kommentiert hat, hast du deinen Spitzer nach ihm geworfen. ... Das fand ich ...«

»Cool?«, versuchte sich Marie an einem ironischen Grinsen.

»Leicht beunruhigend«, gab Mateo zu.

»Es hat seinen Grund, wieso der Spitzer keinen Deckel mehr hat und der Behälter für die Spitzreste auch schon lange im Müll gelandet ist. Aber das Metallding alleine fetzt viel ordentlicher!«

»Kann ich mir vorstellen. Aber es ging ja dann ganz gut. Man muss froh sein, wenn jemand auf einen zukommt, wenn man neu in der Klasse ist. In der Neunten auch noch, wenn es echt schon zu spät ist, noch irgendwie Freundschaft zu jemandem zu knüpfen.«

»Jemand? Bin ich also nur ein Ersatz für dich?«, fragte Marie durch ein gefrorenes Lächeln hindurch.

»Nein, nein!«, beeilte sich Mateo zu antworten. »Aber Kathrin hat darauf aufgepasst, was ich sage, damit ich den Spitzer nicht auch abkriege.« Der dumme Scherz wirkte. Ein bisschen entspannte sich Marie wieder. Er hatte ihr aus Versehen wehgetan - das ging manchmal schneller, als man begreifen konnte - und dann konnte sie genauso kämpfen oder flüchten - rennen oder treten - niemand wusste es vorher. Am wenigsten sie selber.

»Weißt du, alle reden über mich. Denken nach, diskutieren, beraten, lästern, tauschen Geschichten aus. Du denkst doch auch! Aber niemand rückt mir gegenüber mit der Sprache raus. Es geht immer über mich - bei den Lehrern, Oma und Opa, die Lästereien der Mädchen in der Mädchenumkleide oder das Gelaber der Jungs in ihrer. Oder nicht? Als würden alle buchführen wollen ...«

Marie schluckte hörbar.

Mateo schwieg.

Beide hatten Angst, weiterzureden.

Sie hatten schon oft miteinander über schwierige Dinge geredet. Über seine Pflegeeltern. Wieso Marie bei ihren Großeltern lebte. Seine Sorgen. Ihr Arm.

Aber nie so.

Das erste Mal, als er Marie an einem Nachmittag daheim besucht hatte, hatte ihr Opa sie beide ins Wohnzimmer auf die Couch gesetzt. Mateo sich gegenüber - aber neben Marie. Er hatte sich nicht vorgestellt, er hatte auch Mateo nicht nach seinem Namen gefragt oder sonst etwas - die Details hatte er sich wohl vorher schon notiert - dafür hatte er Mateo die ganze Zeit über gesiezt. Das war so komisch gewesen, dass sich Mateo eiskalt vorgekommen war. Ganz gewöhnt hatte er sich den ganzen ersten Besuch über nicht an die seriöse, ernsthafte Art dieses Herren.

»Mateo, Sie sind in Pflegefamilien aufgewachsen - aber die jetzige soll wohl die letzte Station sein bis zur Volljährigkeit, hat Marie erzählt?«

Marie war merklich von Mateo weggerückt und hatte angestrengt in die andere Richtung geblickt, als ihr Großvater ausgerechnet das *als Erstes* und ganz unverblümt ansprach. Marie war richtig rot geworden.

Ja, das war die kühle Direktheit in Maries Großelternhaus. Hart, aber auf Dauer nicht direkt kalt. Nur ... bemüht so korrekt wie nur möglich.

»Ich bringe eigentlich keine Freunde nach Hause ... na ja ... außer Kathrin gibt es ja sowieso niemanden mitzubringen. Hat es nie gegeben ... egal ... Sorry dass hier alle ... so sind!«

Trotz aller Offenheit: Etwas war unausgesprochen geblieben, aber das war für den Anfang auch okay gewesen. Vertrauen brauchte immer Zeit!

...

Bis zu diesem Februarabend.

...

Marie atmete hörbar ein, spannte sich an und atmete die Luft scharf wie eine Rasierklinge wieder aus.

»Bringen wir diesen Mist endlich hinter uns! Mir ist kalt und pinkeln muss ich auch! Und ich hab Hunger ... Also der Schnelldurchlauf ... Scheiße. Wenn ich mich traue!«

Zögern.

Schlucken.

Augen zu.

Augen auf.

Losreden.

»Timo war ziemlich müde und ziemlich dicht und ziemlich fertig gewesen ... Ich auch und je länger die Party ging, je kühler es wurde in der Nacht, umso mehr hat uns der Gedanke gefallen, beieinander zu sein. Kein Verliebtsein! Nicht bei mir und bei ihm auch nicht, aber wir mochten das Gefühl, nebeneinander alleine zu sitzen. Timo hat nichts Falsches gemacht. Und ich habe auch nichts Falsches gemacht, als wir weggegangen sind in einen der Nebenräume um ... na ja, beieinander zu sein. Bitte guck nicht so peinlich berührt, Mateo! Es war einfach so, es ist passiert ... und es war in Ordnung! Wir haben uns natürlich geschützt! Das war alles klar nicht sooooo superromantisch, aber es war okay. Eine bittersüße Erinnerung vielleicht, die schön und traurig ist, wenn man einander im Flur zwischen den Klassenzimmern zufällig sieht, ohne dass man danach mehr zu tun hat miteinander als zuvor. Ein akzeptables erstes Mal.«

Durchatmen.

»Aber wir haben nicht damit gerechnet, dass uns jemand hinterherkommt. Oder dass die Tür nur angelehnt war. Oder dass das Licht brannte. Aber das war alles so, wir haben nicht aufgepasst und sie *haben uns dabei gefilmt*. Die Schweine. Timo wollte das nicht, das weiß ich! Wir dachten, wir wären alleine gewesen und haben uns danach noch extra getrennt aus dem Zimmer geschlichen, damit es keiner bemerkt, nur, damit wir von so einem Vollidioten aus der Zehnten begrüßt werden, der uns sein verdammtes Handy vor die Nase hält und das Video abspielt. Durch den Türspalt aufgenommen. Es war sogar so spät noch so laut gewesen, dass wir nichts mitbekommen hatten. 25 Sekunden. Aber das hat mir schon gereicht. Stundenlang war es so laut gewesen, dass man die Party die ganze Straße hoch und runter gehört hat. Aber in diesem Moment, wo der uns das Video hingehalten hat, war alles leise. Keine Musik, kein Reden. ich war vorher benommen gewesen. Müde, aber ... glücklich, ein bisschen? Aber das war dann alles sofort wieder weg. die halbe Party hatte sich das Video schon reingezogen. Ich habe ausgesehen wie so ... wie so eine Schlampe! NEIN! Halt den Mund, Mateo, halt jetzt bitte einfach deine Schnauze, ich will jetzt keinen Trost. Ich will, dass du zuhörst!«

Mateo zuckte zurück, Maries Augen funkelten.

»Die Typen fanden das lustig, haben die zwei oder drei Handys rumgereicht, auf denen das Video da schon war. Das war alles so wahnsinnig komisch. Die standen da alle schon in der überfüllten Garage und haben gegrinst und gegrölt als wir reinkamen und waren begeistert und fanden das *total witzig*, uns damit zu begrüßen. Aber das wirklich Komische war dann erst: Die meisten müssen irgendwie gesehen haben, wie erschrocken wir waren, die waren so richtig geschockt und wie scheiß unangenehm das war, und die sind richtig ... eingefroren ist vielleicht das richtige Wort. Wie in der Zeit stehengeblieben waren die, als sie darüber erschraken, wie erschrocken wir waren. Denen hat das Lachen dann auch gleich leidgetan, das glaube ich schon. Den Wichsern! Dann war es halt schon zu spät und sie hatten es alle ja doch schon gesehen, sich ja doch schon darüber lustig gemacht. Und es hat auch nicht allen so leidgetan! Ich bin dann einfach abgehauen. Ich habe meine Jacke genommen und bin raus. Irgendein älteres Mädchen wollte mich noch aufhalten, glaube ich, irgendwas machen, was sagen, wahrscheinlich wirklich helfen, aber das war mir schon egal. Ich wollte weg ... und bin dann eine Stunde durch die Stadt gelatscht, mitten in der Nacht. Durch das Gewerbegebiet, über die Brücke, durch die Innenstadt und über die Bahnhofsbrücke heim. Bis ich daheim war, war ich auch fast schon wieder nüchtern und ich habe auch echt nur einmal unterwegs in irgendeinen Garten gekotzt. Aber das war eigentlich nicht wegen dem, was ich getrunken habe. Da hat einfach mein Kopf rebelliert. Ich konnte einfach nicht mehr wegdrängen, dass sie mich so gesehen haben und ich mich auch. Anscheinend hat Timo noch jemandem auf der Party in die Schnauze gehauen, als die ihm mit diesem Dreck auf den Geist gegangen sind ... Mein besoffener Ritter in einer durchgeschwitzten Rüstung, schätze ich ... Der seitdem nicht mehr mit mir geredet hat.«

Marie verstummte und starrte auf ihre Füße, die liegende Achter in den Sand zeichneten. Sie schwieg und nestelte an einer der Taschen an ihrem Hosenbein herum, irgendwo über ihrem Knie. Mateo guckte nicht hin. Er wusste nicht, ob er hinschauen sollte, sie angucken, wie wirkte das, wenn sie ein Junge jetzt anguckte, wenn sie diese Geschichte erzählte. Wie würde es aussehen, wenn er wegschaute? Würde sie glauben, es wäre ihm peinlich? Es *war* ihm ein bisschen peinlich! Würde sie glauben, *sie* wäre ihm peinlich?

Marie hatte recht, es war komisch, mit einem Jungen darüber zu reden. Sobald sie an die Stelle gekommen war, mit Timo - Mateo konnte nicht anders, er hatte es sich für den Bruchteil einer Sekunde vorgestellt, als hätte es sein Kopf ihm aufgezwungen. Er wollte so nicht denken. Nicht nur jetzt nicht. Marie war niemand, bei der er sich solche Sachen vorstellen wollte ...

Mateo guckte doch.

Marie sah in diesem Augenblick aus wie Porzellan - wie eine hilflose Puppe, so weiß und leicht, zierlich, sanft und zerbrechlich ... Und plötzlich fuhr ein Luftzug über Mateos Unterarm, die Bank zitterte kurz und Mateo spürte das spitze Kitzeln von Holzsplittern auf seiner Hand. Dann erst reagierten Mateos Reflexe und er zog erschrocken seine Hand zurück und sah, was eigentlich passiert war.

Neben ihm steckte ein Schraubenzieher in der Bank, so tief hineingerammt, dass die Spitze zur Hälfte im Holz verschwunden war und winzige Holzsplitterchen davongestoben waren.

Maries Faust hielt den Griff des Schraubenziehers so fest umklammert, als hinge ihr Leben davon ab. Ihre Knöchel waren weiß und nicht das leiseste Zittern ging durch ihren Arm. Sie hatte den Schraubenzieher nur wenige Zentimeter von Mateos Hand entfernt in das Holz gerammt. Hätte er nur eine halbe Sekunde zu früh gezuckt, ihre Kraft hätte das spitze Werkzeug durch seine Handfläche getrieben.

Ihre Hand war ruhig, aber ihre Nasenflügel zitterten und ihre Augen flackerten.

»Ich weiß nicht, wie viele es gesehen haben, aber alle haben natürlich davon gehört. Alle! Und wenn es die meisten auch schaffen, mir gegenüber die Schnauze zu halten, ich sehe, wie mich alle monatelang angeschaut haben. Sogar die Lehrer! Sie haben irgendwann im Oktober meine Großeltern in die Schule geholt, als die Gerüchte nicht mehr ignoriert werden konnten. Sie haben meine Großeltern dazugeholt, Mateo - die davon nichts gewusst haben! Das war so ... dieser eine Blick meiner Oma, als sie nach dem Gespräch in der Schule wieder heimgekommen ist. Voller eiskalter Tränen, die sie nicht rausließ ... Und auch kein Wort! Sie redet seitdem viel weniger mit mir. Aber das ist jetzt zu viel, das musst du nicht mehr hören, du weißt jetzt alles«, schloss Marie und sprang von der Bank auf. Sie sah müde aus, fand Mateo. Aber in ihren Augen glänzte etwas. Wut? Trotz? Eiskalte Tränen, die sie nicht rausließ?

»Jetzt weißt du auch, wieso es so aussieht, dass uns manchmal hinterhergeschaut wird, dir oder Kathrin - wenn ich dabei bin. Oder wieso irgendwem einfach so, ganz *grundlos* das Wort »*Porno*« rausrutscht, wenn ich in Hörweite bin - und wieso das so viel dreckiges Lachen verursacht. Das alles kommt von der Geschichte, von der du wahrscheinlich schon so viel gehört hast ... Jetzt hast du sie offiziell gehört. Bereust du, sie gehört zu haben?«

Mateo hatte keine Ahnung.

»Nein!«, antwortete er trotzdem.

»Dann bist du mutiger als ich«, flüsterte Marie in die Dunkelheit hinein, die die beiden Jugendlichen, die Bank und die flimmernde Laterne ganz in sich eingeschlossen hatte.

»Eigentlich hättest du die Geschichte auch gar nicht hören müssen. Aber du wolltest sie einfach nur unbedingt von mir hören, dass unbedingt ich sie dir erzähle, weil es sonst nicht das Gleiche ist.«

Erwischt! Marie hatte recht und Mateo wurde rot, als er es sich eingestand. Es verriet seine Scham, weil es die Wahrheit war: Mehr als alles andere hatte er sich gewünscht, dass sie endlich offen zu ihm sein würde, wie Freunde eben. Aber durften Freunde überhaupt solche Wünsche haben? Sich solches Wissen ergreifen? So etwas ... Peinliches?

»Kathrin hat mir das meiste schon erzählt gehabt«, gab Mateo schließlich zu und traute sich nicht, dabei aufzusehen.

»Ihr redet also über mich«, hauchte Marie.

»Natürlich! Wir sind deine Freunde, halt.«

»Ja. Und hinter meinem Rücken redet ihr über meine Sachen, die euch nichts angehen!«, schrie Marie plötzlich los. Oder eher, versuchte sie zu schreien, aber ihr fehlte der Atem, die Kraft. »Da seid ihr beiden wie alle anderen auch! Ihr redet über mich, weil ihr es lustig findet oder traurig, jemand sich Sorgen macht oder was auch immer. Ihr tuschelt! Alle reden über mich, über Dinge, die sie nichts angehen, aber keiner mit mir. *Tolle Freunde seid ihr!*«, fauchte Marie zornig, atmete dann aber wieder lang und tief ein und aus.

»Es fühlt sich manchmal so an, als wäre es schon vorbei und Gras drüber gewachsen und niemand erinnert sich mehr daran - und dann läuft doch in der ersten Pause ein dummer Siebtklässler an mir vorbei und sagt irgendwas. *Video*, *Star*, und ich hoffe nur, dass es außer mir keiner gehört hat. Aber was kann ich machen? Ich kann keine Siebtklässler verdreschen. Die können einfach so frech sein, ganz ohne Konsequenzen. Also ist das Beste, einfach weglaufen, alleine sein ... Mateo?«

»Hm?«

»Willst du wirklich ehrlich sein?«

»Klar!«, antwortete Mateo und meinte es auch so, fühlte sich aber trotzdem so unsicher ...

Marie nickte.

»Okay. Hast du es gesehen, das Video?«

Mateo hörte die Wörter und noch bevor das letzte Maries Mund verlassen hatte, loderten seine Wangen aufs Neue rot auf. Er schüttelte den Kopf.

»Nein!«

Das war die Wahrheit.

»Willst du das Video sehen?«

Fünf Wörter und die ganze Hitze in Mateos Wangen erlosch von einer Sekunde auf die andere. Er glaubte sogar, spüren zu können, wie das Blut aus seinem Gesicht verschwand und sein Herz sich zu einem eiskalten Stein verkrampfte. Für eine halbe Sekunde drehte sich die Welt unter seinen Füßen um hundertachtzig Grad und schnellte zurück in ihre Ausgangsposition - so schlecht wurde ihm.

Was sollte er antworten? Er hatte gerade noch geglaubt, ehrlich sein zu wollen - ehrlich sein zu können. Und jetzt?

Eine Sekunde verging, dann noch eine, während der ihn Marie mit halb offenem Mund und nervös

64

zuckenden Lidern anstarrte, in ihre Tasche griff und ihr Handy hervorholte, bis Mateo endlich begriff.

Marie fragt nicht einfach so ...!

»Hast du das Video etwa selber noch, Marie?«, fragte Mateo hastig.

»Ich dachte nur, vielleicht ...?«

»Lösch das!«, unterbrach Mateo sie so laut, dass es fast schon nicht mehr besorgt klang, sondern wütend. In ihm brodelte ein Druckkochtopf angefüllt mit zu vielen unterschiedlichen Gefühlen - und alle zu stark. Mateo ließ nur die richtigen Gefühle heraus, rang sich durch und drückte sanft Maries noch ausgeschaltetes Handy von sich. »Du musst das löschen, das kann nicht gut für dich sein!«

»Ich kann nicht!«, presste Marie hervor. »Es ist wie eine offene Wunde. Es tut weh, aber ich muss irgendwie immer wissen und sicher gehen, dass die Wunde noch da ist. Und dass sie nicht schlimmer wird, wenn ich vergesse, hinzuschauen, auf diese Wunde.«

»Schaust du dir das Video an?«, fragte Mateo, zögerlich und angestrengt.

»Ich will nicht, dass aus dieser Wunde eine Narbe wird! Es wäre so eine große, hässliche Narbe!«, sagte Marie, aber es war keine echte Antwort auf seine Frage. Es war schon gar nicht mehr richtig an Mateo gerichtet. Marie hatte es gehaucht, da hatte sie sich schon halb umgedreht. Mateo streckte noch die Hand aus, dachte daran, Marie aufzuhalten - aber seine Fingerspitzen streiften nur Maries rechten Arm. Er konnte sie nicht einfach packen. Die Wunden auf ihrem Arm, er wollte ihr auf keinen Fall wehtun. Und sagen konnte er nichts, seine Kehle war zugeschnürt, seine Brust war versteinert ... und sein Kopf? Voll mit Verwirrung, Scham, Sorge und ein bisschen, *ein bisschen* war er auch beleidigt.

Mateo wusste nicht, was er tun sollte, und Marie wartete nicht darauf, dass ihm etwas einfiel, drehte sich ganz um und begann zu gehen, marschierte davon, mit verkrampften, steifen und hastigen Bewegungen.

»Tschüss, Marie!«, versuchte Mateo, irgendwas zu sagen. Sie drehte sich nicht um. »Du hast deinen Schraubenzieher vergessen!«, sagte er noch halblaut hinterher. Aber sie zuckte nicht einmal.

Als Marie sich sicher sein konnte, dass sie ganz so tief in der Abenddunkelheit eingetaucht war, dass Mateo sie nicht mehr würde sehen können, rannte sie los.

Ich bin vierzehn Jahre alt und renne wie ein dummes, kleines Kind.

»Du kommst über eine Stunde zu spät!«

Die Haustür war gerade erst ins Schloss gefallen. Marie nestelte noch an den triefend durchnässten Schuhbändeln herum, da stand schon ihre Großmutter im Durchgang zum Wohnzimmer, die Hände in die Hüften gestemmt.

»Du hättest uns eine Nachricht schreiben können, eine Sprachnachricht schicken! Wir haben auf dich gewartet!«

Marie ignorierte sie, trat die nassen Turnschuhe an den Rand des Schuhregals und marschierte in ihren feuchten Socken auf die Treppe in den oberen Teil der Wohnung zu. Sie kümmerte sich nicht darum, Zeitungspapier in die Schuhe zu stopfen. Obwohl ihre Zehen mittlerweile so kalt waren, dass sie sie kaum mehr spürte - außer einen stechenden, kalten Schmerz ganz vorne in den Zehenspitzen - ignorierte sie auch ihre flauschigen Hausschuhe im Flur und rannte die Treppe hinauf.

Ihre Großmutter folgte ihr.

»Es ist schon lange dunkel geworden und du hast dich überhaupt nicht gemeldet«, rief sie ihr den gleichen Vorwurf wieder hinterher, während Marie am Kopf der Treppe nach links abbog, die Tür zu ihrem Zimmer aufschloss, sie aufstieß und ihre Schultasche in hohem Bogen hineinschleuderte, bevor sie selber kurz im Zimmer verschwand, ohne das Licht anzumachen.

»Es dauert doch sonst auch nicht so lange, wenn du dich mit Mateo nach der Mittagsschule triffst!«

Zur Antwort bekam Großmutter nur das Blitzen zweier blassblauer Augen in einem dunkelgrauen, schmalen, ovalen Gesicht, als Marie für eine Sekunde innehielt und sich in der Dunkelheit der offenen Tür zuwandte. Die Augen glänzten nass, aber Marie sagte immer noch nichts.

Stattdessen griff sie sich von ihrem Schreibtisch, wofür sie gekommen war, stürmte aus ihrem Zimmer und warf die Tür ins Schloss.

»MARIE!« Es war jetzt schon ein Schreien. Mal wieder ein Schreien, als Großmutter die Hand ausstreckte, um sie aufzuhalten. Aber das Mädchen ließ sich nicht beirren, nicht einmal ihre fest zusammengepressten Lippen zuckten, als sie über den Flur auf die Badezimmertür zu marschierte. Die lange, altmodische und umso schärfere Metallschere fest in der Hand.

Die Badezimmertür fiel zu, das Schloss klickte. Großmutter schlug ein paarmal mit der Faust gegen die Tür und rief den Namen ihrer Enkelin. Keine Antwort. Stattdessen drang durch die Badezimmertür bloß das Geräusch von schwerem Atmen, schwächlichem Wimmern und der Schere, die auf und zu ging.

Nach drei, vier Minuten wurde die Badezimmertür wieder entriegelt und schwang auf.

Die Schere hatte Marie in der linken Hand, die rechte Hand hielt sie ihrer Großmutter hin. Darin: ein Büschel blonder Haare.

»Mein Gott, Marie! Was hast du getan?«, presste ihre Großmutter unter der Hand hervor, die sie vor Schreck auf ihren Mund geschlagen hatte. »Deine Haare! Sie sind alle schief!«

»Ich werde wahrscheinlich noch mal nachschneiden müssen, damit es passt«, erklärte Marie und als sie sah, wie ihre Großmutter vor ihren Worten zurückschreckte, musste Marie ein Grinsen unterdrücken. Kein freudiges Grinsen. Nicht aus Vergnügen. Mehr ein Zähnefletschen, das hervorbrechen wollte. Ein Signal der Wut.

»**Du** willst dir die Haare schneiden?«, keuchte ihre Großmutter, während Marie an ihr vorbeischlurfte.

Sie hinterließ ein Waschbecken voller abgeschnittener Haarspitzen, ihre aufgebrachte Großmutter, die ihr hinterherstarrte, und einen weiteren *verdammten Dreckstag* in ihrem Leben, an den niemals mehr zu denken sie sich ganz fest vornahm. Sie würde heute einfach nicht mehr rausgehen, nicht zum Essen, nicht zum Reden, für gar nichts!

Gut, dass sie auf dem Heimweg in einer der öffentlichen Toiletten am Bahnhof pinkeln gewesen war, so konnte sie es bis morgen früh vielleicht sogar aushalten, in ihrem Zimmer zu bleiben, wenn sie bis dann auch nichts mehr trank.

Klick

Die Tür war abgeschlossen und Marie setzte sich hungrig und entschlossen in die Dunkelheit und wartete darauf, dass die Zeit endete und dass die dummen Schuldgefühle, die Angst, der Ärger, das Jucken auf ihrem rechten Arm zwischen den Narben aufhörten.

Den Klassenchat ließ sie wie immer auf stumm gestellt. Sie mied die anderen nicht nur in der Schule, sondern auch digital.

Kathrin hatte ihr eine Sprachnachricht geschickt: »Hast du Lust, nachher noch zu reden? Hab die Hausaufgaben in Mathe noch nicht. Kannst du mir die Ergebnisse schicken?!«

Was sollte sie darauf schon antworten?

Mateo hatte einen Status gepostet: einen Schraubenzieher, der in der Sitzfläche einer Bank steckte.

»Scheiße!«, entfuhr es Marie leise. Sie hatte das Ding tatsächlich am Bachufer liegen lassen. Hoffentlich hatte Mateo nicht nur daran gedacht, ihn zu fotografieren, sondern auch daran, ihn mitzunehmen.

Marie schrieb nichts und nahm auch keine Sprachnachricht auf.

Teil II:
Fasching

Einladung

Aus dem Nieseln war über Nacht Regen und in den frühen Morgenstunden dicker, nasser Schnee geworden. Als es das zweite Mal gongte und damit der Beginn der ersten Stunde angekündigt wurde, war aber auch vom Schnee endgültig nichts mehr geblieben, als schwarz-grauer Matsch, der die Straßen glitschig machte und die Schuhe, die Klamotten und die Schulflure verdreckte.

Kathrin war einmal auf dem Schulhof im Matsch und einmal auf hineingetragenen Rollsplitt ausgerutscht und hatte sich beinahe auf die Fresse gelegt. Übellaunig schaute sie abwechselnd auf die Tischfläche, in ihren Schoß, auf ihre Hände darin, aus dem Fenster, in die dunkelgrauen Wolken und immer wieder ließ sie den Blick nach links oder rechts durch das Klassenzimmer schweifen, auch wenn sie nicht viel sah: Kathrin saß in der ersten Reihe, direkt vor dem Lehrerpult. Links die Heizung und die Fensterbank, rechts Bastian.

Herr Schrenz stand vor ihrem Tisch, überblickte die Klasse und zählte durch.

»Vierundzwanzig, fünfundzwanzig, sechsundzwanzig ... Thorsten fehlt immer noch?... Alles klar. Die Entschuldigung für Luca habe ich vorhin schon bekommen. Marie? ... Marie fehlt?«

Herr Schrenz blickte erst auf die Uhr an seinem rechten Handgelenk und drehte sich dann noch mal zur Tafel um und schaute auf die Uhr, die darüber hing, wie zur Vergewisserung.

Als könnte man seiner Uhr alleine nicht trauen, dachte Kathrin. *Vielleicht sollte ich ihm mein Handy hinhalten, damit er sich eine Drittmeinung einholen kann*; und ihre Augen huschten wieder kurz in ihren Schoß, wo das Handy unter ihren Händen versteckt lag.

»Sieben Minuten nach acht. Sogar sie ist dann schon da«, murmelte Herr Schrenz der Uhr entgegen. »Als hätte ich für so was jetzt Zeit!«

Er drehte sich um, seufzte laut und effekthascherisch und sagte: »Dann darf ich also ins Sekretariat gehen und klären, was los ist.«

Er marschierte durch den Mittelgang zwischen den Tischreihen hindurch. »Holt schon mal die Hausaufgaben raus und ... keine Ahnung, schreibt voneinander so ab, dass ich es nicht merke!«

Die Klassenzimmertür fiel ins Schloss. So war das von der Schule angedacht und jeder wusste ohne große Erklärung schon Bescheid: Bei allen anderen in der Klasse konnte zwischen zwei Stunden mal bei Gelegenheit im Sekretariat nachgefragt werden. Aber wenn es um Marie ging, musste die Lehrkraft gleich runter ins Sekretariat und direkt klären, was los war. Vielleicht auch bei Marie anrufen, wenn nichts bekannt war. Eine besondere Regelung bei *notorischem Schulabsentismus*, wie es Herr Baldung mal genannt hatte.

»Geil! Einen Schultag ohne Marie und sie erspart uns sogar noch fünfzehn Minuten Deutsch! Doppelter Bonus!«, rief jemand aus der hintersten Reihe, aber niemand reagierte darauf und die Klasse verfiel in das mitteilsame Getuschel einer unbeaufsichtigten neunten Klasse, das sich um alles Mögliche drehen konnte.

»Wenn wir bis morgen die letzte Französischarbeit zurückbekommen, kann ich Fastnacht sowieso vergessen! Meine Eltern mauern mich ein!«

»Du könntest ja vorher auswandern, so direkt von hier nachher um eins.«

»Wohin denn? Frankreich?«

...

»Gehst du auch auf diese Feier in der Stadthalle am Sonntag oder nur ins Blacklight danach?«

»Blacklight lässt dich nicht rein! Die kontrollieren Ausweise.«

»Was, Stadthalle? Lame!«

»Aber man kriegt Berliner geschenkt am Eintritt und kann sich danach wieder verpissen zum Trinken!«

...

»Fünf Euro: Marie kommt morgen auch nicht.«

»Niemand ist blöd genug, dagegen zu wetten. Klar kommt sie nicht, weil sie **krank** geworden ist.«

»Ob sie was filmen muss und deswegen nicht kommen kann?«

»hat bestimmt schon zahlende Abonnenten!«

Dreckiges Lachen.

...

Kathrin löste ihre Hände voneinander und entsperrte den Bildschirm. Nichts von Marie, nicht einmal irgendeine Reaktion auf Kathrins

Sprachnachricht vom vorherigen Abend. Sie hatte einfach nur ein bisschen quatschen wollen, ein bisschen schreiben, irgendwas.

>Wo bleibst du?

Das hatte Kathrin vorhin hastig in den Chat getippt, als Herr Schrenz gerade hereingekommen und noch im Sortieren seiner Sachen versunken gewesen war.
Keine Antwort.

>Herr Schrenz ist gerade los, um nach dir zu fragen.
>Marie?!!

Stille.
Dann, schließlich, nach weiteren Sekunden:

<Ich schlafe!

>Tu nicht so!

<Warte.
...
<Sie telefonieren gerade. Im Flur. Opa ist dran.
<gut
<Hat immer die besseren Ausreden.

>Und wie gehts dir wirklich?

\<Kann einfach nicht kommen!
\<Sorry!
\<Nach den Ferien wieder!

\>...
\>Mal wieder

\<Ich hab schon sorry geschrieben! Sorry! Ich bleibe im Bett.

\<Opa hat Schrenz was von Gastroenteritis erzählt und dass es so schlimm ist, dass sie vergessen hätten, mich abzumelden. Muss mich schlafen stellen, bevor er bei mir reinschaut.

\>Gastro ... was?

\<Magen-Darm halt. Gute Nacht!

Es würde jetzt keinen Sinn machen, weiterzuschreiben. Marie würde nicht mehr antworten und Herr Schrenz würde ohnehin in den nächsten Minuten wieder da sein. Also klappte Kathrin die Handyhülle wieder zu und verstaute das Gerät in der Jackentasche.

Während der ersten Pause regnete es eiskalte Bindfäden. Das hieß: Wer wollte, durfte auf den Schulhof raus, aber die Pausenordner aus der zehnten Klasse und die Pausenaufsicht scheuchte einen nicht wie sonst in die Kälte. In den Klassenzimmern und dem Obergeschoss durfte trotzdem niemand bleiben. Also wurde die ganze Schule in die Aula und die abzweigenden Flure gepfercht. Eng, laut, chaotisch, die Kleinen rannten herum, die älteren Schülerinnen und Schüler versuchten angestrengt, irgendwo in Winkeln oder an Tischen einen halbwegs ruhigen Flecken zu finden, um im Gewusel und Geschrei ihre Ruhe zu haben. Es wäre wahrscheinlich sicherer und ordentlicher gewesen, wenn alle in ihren Klassenzimmern hätten bleiben dürfen - aber das hätte auch bedeutet, dass die Lehrkräfte ihre Pause nicht bekommen hätten. Die Schule setzte wie immer die wichtigsten Prioritäten.

Kathrin war nur halb die Treppe in die Aula hinuntergegangen, aber sie brauchte sich nicht zu beeilen. Sie war niemand, den die Lehrer nach unten scheuchten. *Weil sie mich kennen*, dachte Kathrin. Wie Marie. Alle Lehrer und alle Lehrerinnen kannten Marie beim Namen, auch wenn sie noch nie in ihrer Klasse unterrichtet hatten. Weil sich Marie über die Jahre einen Namen in der Schule gemacht hatte.

Kathrin genauso.

Beide hatten sie es nicht darauf angelegt. Bei Kathrin - hieß es - konnte man sich immer sicher sein, man konnte darauf vertrauen, dass sie nichts anstellte, dass sie *vernünftig* war. *Vertrauenswürdig*. Es auf *nichts anlegte*.

Bei Marie ... das Gegenteil. Man könne darauf vertrauen - hieß es - dass sie es *immer darauf anlegte*. Dass sie *unvernünftig* war.

Kathrin stand auf der vierten Stufe über dem Fuß der Treppe, versuchte, das Gewühl zu überblicken, suchte und fand nicht, wen sie suchte. Also musste sie sich doch durch die Menge kämpfen, um Gruppen von Neunt- und Zehntklässlern herumtänzeln, durch die Aula sprintenden Fünft- und Sechstklässlern ausweichen und weil ihre Suche weiter erfolglos war, versuchte es Kathrin schließlich auf gut Glück vor dem Haupteingang, der auf den Schulhof hinauf führte.

Dort stand Mateo unter dem schmalen Vordach neben den Türen und blickte auf den feucht-dunkelgrauen Boden vor ihm.

Die wenigsten hatten sich herausgetraut und standen dicht an dicht unter den Bäumen zusammengedrängt, die noch kein Laub hatten und deswegen nur direkt an den Stamm gedrängt ein bisschen Schutz vor dem Wetter boten. Aber Mateo kümmerte sich nicht um die anderen.

»Hey!«

Mateo zuckte erschrocken zusammen und versuchte hastig, etwas in seine Jackentasche zu stopfen. Mehr schlecht als recht, eine schwarze Ecke ragte immer noch heraus und jeder hätte verstanden, was es war. Dann erst drehte er sich um.

»Entspann dich! Ich bin nicht die Sticher!«, kicherte Kathrin.

»Kann ja keiner wissen. Ich wollte raus und Marie schreiben, aber sie antwortet nicht. Liest meine Nachrichten nicht mal.«

Ach? Kathrin spürte etwas in sich zucken. Eine sanfte Verwirrung. »Hat Marie bei dir die Lesebestätigung eingestellt? Dass du sehen kannst, wenn sie auf die Nachricht gegangen ist?«

»Klar! Habe ich bei ihr ja genau so«, antwortete Mateo und zuckte mit den Schultern. *Keine große Sache.*

»Cool! Krass ... Das hat sie bei mir nicht und ich glaube, bei auch sonst niemandem ...«

»Na ja«, murmelte Mateo. »So oder so, sie hat nicht geantwortet. Wahrscheinlich schläft sie wirklich noch. Sie hat mir heute früh geschrieben, dass sie krank ist. Seitdem nix mehr.«

»Und du glaubst ihr das?«

Schulterzucken.

»Marie stellt sich tot«, erklärte Kathrin.

»Was ... meinst du?«

»Ich habe gerade erst mit ihr geschrieben. Sie liest nur anscheinend einfach *deine* Nachrichten nicht, mit oder ohne Lesebestätigung. Tut mit leid«, erklärte Kathrin und obwohl sie es nicht wollte: Sie konnte sich nicht gegen das eklige Grinsen wehren, dass ihr ihre eigenen Worte auf die Lippen legten. *Lesebestätigung hin oder her, man merkt doch, wer wichtiger ist!*

»Wie kannst du mit Marie schreiben, ohne erwischt zu werden?«

»Ich habe mich halt in eine Kabine im Mädchenklo gestellt und ihr kurz eine Nachricht geschickt. Sie hat erst so getan, als würde sie schlafen. Aber ihr Opa wird ihr nie glauben, dass sie so lange schlafen kann. Er hat Herr Schrenz am Telefon irgendwas erzählt, um sie zu entschuldigen. Wie immer halt ... Ich habe ihr geschrieben, die müssen miteinander reden.«

»Reden sie denn zu Hause?«

»Nicht, so lange sich über den Tisch hinweg anzuschweigen auch eine Möglichkeit ist«, gab Kathrin zu und seufzte anschließend: »Mir wollte sie auch nicht sagen, ob irgendwas los ist. Zumindest mit mir könnte sie reden, aber Marie hat gestern auf gar nichts reagiert ... War denn gestern was? Ihr habt euch doch wieder getroffen?«

Noch bevor Mateo antworten konnte, ertönte der Pausengong aus dem Lautsprecher direkt über ihren Köpfen. Er war natürlich so laut eingestellt, dass man ihn auch an ausgelassenen Sommertagen mit der ganzen Schule draußen in jeder Ecke des Schulhofes hören konnte. Jetzt, fast ganz alleine in der kühlen Stille eines feuchten Wintervormittages, klang das Pausenzeichen so laut und durchdringend, dass beide Jugendliche in ihrem Nebel aus Betretenheit und Besorgnis zusammenzuckten.

Die Unterbrechung war Mateo ganz recht, so konnte er an den Details sparen, als er Kathrin vom gestrigen Nachmittag mit Marie erzählte, während die beiden zurück in die Aula und die Treppe zum Klassenzimmer hinaufgingen.

Er sagte, um was es gegangen war, um *die Sache*, aber er erzählte nicht viel, nicht von Maries *Angebot* an ihn. Nicht davon, dass sie von ihm weggerannt war.

»Ich glaube, ich hätte sie nicht fragen sollen!«, gab Mateo zu, als sie in einem Winkel zwischen Garderobe und Klassenzimmertür standen und darauf warteten, dass ihnen jemand die Tür aufsperrte.

»Es war ja klar, dass du ohnehin schon das meiste weißt. Marie hat das auch gewusst. Wir haben halt darüber geredet. Darüber, dass sie es dir erzählen wollte ... Aber sage ihr das bitte nicht, dass ich dir das erzählt habe! Marie ist immer so schnell beleidigt.«

»Und sauer. So weit, dass sie nicht mehr zur Schule kommt.«

»Es ist ja nicht das erste Mal. Aber Marie ... Sie weiß ja, dass wir da sind. Sie akzeptiert, dass sie Freunde hat. Aber sie kann nicht damit umgehen, dass sie Freunde hat. Wenn sie uns nicht sehen will, dann ist das nicht, weil sie nicht mit uns zurechtkommt. Sondern mit sich selber.«

Mateo zögerte und leckte sich die Lippen. »Meinst du?«

»Ich weiß es doch auch nicht!«, gab Kathrin zu und warf die Hände in die Luft. Sie klang plötzlich so atemlos. »Ich weiß auch nicht, was ich sagen soll. Oder tun soll. Manchmal glaube ich auch, sie will uns nicht sehen und unsere Freundschaft ist genauso nützlich wie nervig für Marie, verdammt! Und dass alle anderen Schuld daran sind, wie es ihr geht. Und du genauso, wenn du sie so angehst!«

Die letzten Worte waren so plötzlich so scharfkantig und bitter herausgekommen, dass Kathrin und Mateo unwillkürlich voneinander zurückzuckten. Kathrin guckte danach ein bisschen betreten, aber sagte nichts und entschuldigte sich nicht.

Zwischen ihnen tauchte plötzlich ein dunkelgraues, giftiges Schweigen auf, das ihnen hätte gefährlich werden können, wenn nicht Herr Baldung die Treppe heraufgekommen wäre. Er sah Kathrin und Mateo im Halbschatten neben der Treppe in den zweiten Stock stehen, quittierte diesen Anblick mit einer hochgezogenen Braue, sagte aber nichts und durchquerte den Flur, um das Klassenzimmer aufzusperren. Bis er an ihnen vorbeigerauscht war, hatte sich das giftige Schweigen wieder fast komplett verzogen.

»Ich habe eine Idee, was wir machen können!«, sagte Mateo, während sie durch den Flur gingen. »Können wir zusammen irgendwo zum Fasching?«

»Fasching?«, fragte Kathrin, vom plötzlichen Themenwechsel verwirrt.

»Wir drei, meine ich. Marie war so begeistert davon gestern. Am Wochenende und am Montag wird doch bestimmt was sein!«

»Du willst Marie auf den Fasching einladen?«

»Ja!«

»Ich weiß nicht! Wir haben früher so was gemacht, klar. Ich weiß, dass sie auf das ganze Verkleiden steht und die ganzen Lieder sogar mitsingen kann«, erklärte Kathrin und ein leises Lächeln schlich sich auf ihr Gesicht, das aber sofort wieder ernst wurde. »Aber Party ... Alkohol überall ... Kannst dir denken, dass das scheiß Erinnerungen bei ihr hochholt! Das wäre *wirklich* schlimm, Mateo!«

»Aber diesmal sind wir doch dabei und bleiben auch bei ihr. Wir kommen zusammen, gehen zusammen und dazwischen machen wir einfach, was uns Spaß macht.«

Kathrin blieb vor der offenen Tür stehen, durch die bereits die restliche Klasse gegangen war und auf dessen andere Seite Herr Baldung ungeduldig den Nachzüglern entgegenblickte. Das konnte Ärger geben. Aber das war Kathrin jetzt egal. Diese Sache musste geklärt werden.

»Vielleicht wäre das wirklich was! Ich krieg Marie kaum mehr dazu, mit mir was zu unternehmen. Zu den Ministrantentreffen am Sonntag will sie nicht mehr wegen der anderen Leute dort. Wäre wahrscheinlich echt gut, wenn Marie *ja* sagt. Du kannst es ihr ja vorschlagen. *Dir* scheint sie ja zumindest noch zu antworten ...«

Verkleidung

Marie stand vor Kathrins offenem Kleiderschrank, blickte in den Spiegel, der an der Innenseite der Schranktür angebracht war. Sie sah in den Spiegel, versuchte dabei aber so gut es eben ging, an ihrem Spiegelbild vorbeizuschauen, sich selber trotzdem einfach nicht zu sehen. Das fühlte sich schwierig und dumm an, aber irgendwie gelang es ihr, alles im Spiegel zu sehen, außer sich selber. Links in der Ecke: Kathrins Bett, das so ordentlich gemacht war, dass die Bettdecke fast scharfkantig aussah. Auf der rechten Seite das weiße Regal, aus dem Kartons, Ordner und Fotopapier herausquollen. Die große, teure japanische Fotokamera, die Kathrin von ihren Eltern zu Weihnachten bekommen hatte. Daneben lehnte an der Regalwand Maries letztes Weihnachtsgeschenk: Ein silberner Bilderrahmen mit einem fein ziselierten Muster aus Ranken und Furchen, dem man mit den Fingern nachfahren konnte. Ein wunderschönes, schmales aber überraschend schweres Ding, glitzernd und furchtbar sentimental. Fast schon kitschig. Marie hatte sich sofort verliebt, als sie es im Kaufhaus gesehen hatte, und war schier am Preis verzweifelt. Aber es hatte so gut gepasst. Zu ihr. Nicht, damit sie es behalten konnte. Sondern es hatte so gut gepasst, dass gerade sie, Marie, es gerade Kathrin, ihrer besten Freundin, schenkte. Und Kathrin liebte immerhin alles, was mit Fotos zu tun hatte.

Der Rahmen war so groß, dass genau ein Bild hineinpasste. Jetzt stand der Rahmen leer da. Kathrin hatte erklärt, sie wollte etwas Besonderes reinpacken, als sich Marie den Rahmen vorhin schon genauer angesehen hatte.

»Ich will nicht einfach irgendwas nehmen. Irgend ein random Foto. Lieber hebe ich ihn mir auf, bis ich genau das richtige Foto habe. Von uns beiden!«

Jetzt ließ Marie ihren Blick den Rahmen des Spiegels entlangkreisen und mied weiter sich selbst, ihr Spiegelbild, weil es ihr seltsam fremd und doch so schmerzlich vertraut vorkam.

Die langen, dünnen Glieder, der Körper so schmal und unscheinbar, dass man sie *immer noch* für einen Jungen halten konnte, wenn sie nicht gerade für den Sportunterricht angezogen war. Eng und kurz und unbequem. Letztes Jahr hatte sie im Sommer einen Hitzschlag im Sport bekommen, weil sie die lange Jogginghose und das lange Shirt anbehalten hatte, obwohl es 30 Grad und prallen Sonnenschein gehabt hatte. Seitdem wurde darauf geachtet, dass sie sich »richtig« und »ordentlich« für den Sportunterricht anzog. Luftig. Kurz. Als ob irgendjemand das Recht hätte, zu sehen, *wie viel* Körper sie hatte. Oder was für Spuren darauf waren.

»Du könntest einfach mal *normal* essen, um eine anständige Figur zu bekommen«, hatte ihre Großmutter vor einigen Wochen um Weihnachten herum gesagt.

»Solange ich noch regelmäßig meine Tage kriege, esse ich auch genug!«, hatte Marie damals über den Abendbrottisch hinweg geantwortet und Großmutter war so beleidigt gewesen, dass sie den ganzen Abend nichts mehr gesagt hatte.

Marie aß nicht zu wenig! Sie aß so viel, wie sie mochte, wie sie vertrug, sie wollte einfach nicht mehr. Und sie konnte essen, was sie wollte, sie wurde einfach nie mehr.

Zumindest eine Sache, mit der ich kein Problem im Kopf habe.

Aber zu leugnen war es nicht. Diese Person im Spiegel sah nicht richtig aus. Nicht falsch. Aber fremd. Dass sich Marie vor erst drei Tagen die Frisur in der Wut so weit ruiniert hatte, dass ihr ihre Oma die letzten Reste nur mit einer stoppeligen Kurzhaarfrisur hatte retten können, machte die Sache auch nicht besser.

Kaum zu glauben, dass das Mädchen im Spiegel noch ihre Tage kriegt, so mager sie ist. Wenn's überhaupt ein Mädchen ist. Armes Ding!, dachte Marie und ertrug es nicht länger, sich im Spiegel zu betrachten.

Kathrin kam mit einem Tablett und zwei dampfenden Bechern Tee darauf in ihr Zimmer, ging an Marie vorbei und stellte das Tablett auf ihren Schreibtisch.

»Du bleibst dabei: ganz in Pastellfarben auf die Faschingsfeier?«, fragte sie und musterte ihre Freundin: Die weiße Hose, der blasstürkise Pullover, der bonbonrosa Kragen des Hemdes, der am Hals hervorlugte. Kleine, silberne Ohrringe, die Marie in der blassen Haut steckten. Dazwischen ihre angeborenen wasserblauen Augen, die schwach glänzten, weil ihr ganz offensichtlich etwas durch den Kopf gegangen war, dass Marie nicht gefallen hatte. Feuchte Augen, die jetzt aber doch kurz aufleuchteten: »Ich habe was ganz Passendes dabei!«, sagte Marie, griff in die Tasche, die neben ihrem rechten Fuß an den Schrank gelehnt stand und griff hinein. Sie holte eine Maske heraus, die groß genug war, um Stirn, Nase, Wangen und Schläfen zu verdecken. Die Aussparungen für die Augen waren mit hellgrünen Steinchen gesäumt. Die Maske selbst hatte eine sanft dunkelgrüne Farbe und links und rechts waren kurze, türkise Büschel angebracht, die fast wie Daunen aussahen.

Probeweise hob Marie die Maske vor ihr Gesicht und blickte hindurch.

»Das ist zumindest echt mal was anderes!«, gab Kathrin zu.

»Eben!«, bestätigte Marie und unter der Maske zeigte sich etwas wirklich Ungewöhnliches: Ein Lächeln ohne Hintergedanken, ohne Befürchtungen oder Gehässigkeit.

»Hast du Nagellack da? Irgendwie ... Orange oder so? Und vielleicht was, um was mit den Augen machen? Lidschatten?«

»Ich weiß es nicht«, gestand Kathrin. Das sind eigentlich nicht meine Farben. Hat diese

Kombination überhaupt einen Namen, als die du gehst?«

Marie zuckte zur Antwort desinteressiert mit den Schultern. »Irgendwas Liebes. Waldkönigin. Flussfee, keine Ahnung. Mateo meinte, ich muss was Schönes sagen, wenn sein Bruder fragt, was ich bin. Anscheinend fragt er alle, die er sieht. Auch auf der Straße, wildfremde Leute! Mehrmals! Und er ist auch nur mit *lieben Antworten* zufrieden, sonst meckert er. Na ja, sein Bruder ist halt ... Besonders. Weißt ja. Und Mateo wäre auch beleidigt, wenn ich seinem Bruder erzähle, ich bin die knochenfressende Mörderhexe oder so.«

»Sein Bruder wird dabei sein?«

»Nur jetzt. Die machen jetzt am Nachmittag in der Halle den Kinderfasching und wenn wir uns treffen, holen ihre Pflegeeltern den Kleinen wieder ab ... Gott sei Dank!«

Kathrins Stirn lag in Falten. »Was meinst du?«

»Na ja, sein kleiner Bruder ist doch halt ... Er hat doch diese Behinderung und ist nicht so ... weit wie die anderen Kinder, die so alt sind wie er. Und das ist so ... Ich bin keine Kindergärtnerin, okay! Keine Ahnung, ob ich da nicht aus Versehen was kaputt mache ...«

»Kaputtmachen?« Kathrin klang halb amüsiert, halb schockiert.

»Blöd zu ihm bin, halt. Keine Ahnung, wie ich sein soll.«

»Ich habe Mateos Bruder auf dem Weihnachtsmarkt in der Schule gesehen. Er ist doch süß!«

»Wenn du damit klarkommst. Ich brauche keine kleinen Kinder um mich herum - und vor allem keine, die nicht ganz so normal sind.«

Kathrin schüttelte den Kopf. Ein bisschen empört, aber das Grinsen konnte sie sich nicht mehr verkneifen. »Marie! Du bist ein Monster!«, kicherte sie und verstummte sofort, als sie Maries Reaktion sah. Sie grinste nicht mit ihr mit, sie sah ihre Freundin gar nicht an. Sie hatte sich wieder dem Spiegel zugewandt, musterte sich von oben bis unten, strich mit den Fingerspitzen die Seiten ihres Oberkörpers entlang, dann fuhr sie durch ihr viel zu kurz geratenes Haar.

»Ich weiß!«, antwortete Marie in ihr Spiegelbild hinein.

»Ach, Scheiße! Ich meine es doch nicht so!«, flüsterte Kathrin. »Es tut mir leid!«

»Muss es nicht. Stimmt ja irgendwie, so oder so«, gab Marie zu und hielt dabei ihren rechten Unterarm fest umklammert.

»Lass uns erstmal Tee trinken«, sagte sie dann, ging zum Tablett hinüber und griff sich einen der Becher. Als sie sich umdrehte, sah sie etwas in Kahtrins Kleiderschrank, das sie kurz mitten in der Drehung innehalten ließ.

»Diese hübschen, roten Schuhe ...?«

Kathrin folgte ihrem Blick. Flache, rote Lederschuhe. An den Spitzen ein bisschen abgewetzt. Aber ansonsten glänzten sie immer noch blass dunkelorange.

»Die hat mir meine Cousine geschenkt. Sind ihr zu klein und mir aber zu groß.«

Marie blickte von den Schuhen zu deren Besitzerin, die gut zehn Zentimeter kleiner war als sie selber.

»Kann ich die mir für heute ausleihen?«

»Klar! Gefallen sie dir?«

Marie dachte an ihre bemalten, mit schrägen Sprüchen und Zeichen bemalten Schuhe, die am Fuß der Treppe gegenüber der Eingangstür standen.

»Sie passen besser zu einer Waldkönigin.«

»Ich dachte Flussfee?«

»Oder so, ja!«

Dann bin ich von oben bis unten wirklich jemand komplett anderes. Zumindest von außen.

Feiern

Die Musik konnte man schon zwei Straßen entfernt hören. Flache, dumme Partymusik, die wummerte und dudelte und so einfach war, dass man sie noch im Halbschlaf mitsummen konnte. Als Kathrin und Marie nur noch eine Straße entfernt waren, zogen sie ihre Masken auf. Kathrin ein ganz schmales, schwarzes Ding, mit dem man sie noch gut erkennen konnte. Marie hoffte, dass sie ein bisschen schwieriger auszumachen war.

Auf dem Parkplatz vor der städtischen Sporthalle standen zwei Imbisswagen, die Grillwürste, Pommes und Getränke verkauften. Weiter hinten auf dem Rasen konnten sie noch einen Stand ausmachen, der Süßigkeiten verkaufte: Gebrannte Mandeln, Gummibärchen aus großen, runden Schütten ...

Kinder mit ihren Familien, Jugendliche, Erwachsene lungerten auf dem Parkplatz herum, gingen in die Halle und kamen heraus, lachten, redeten, waren unbeschwert. Obwohl es noch Nachmittag war, hatte die Sonne schon einen orangeroten Schimmer bekommen und ein hellrotes Band hatte sich auf die Hügel hinter der Stadt gelegt.

Hier und da tauchten Gesichter auf, die Marie bekannt vorkamen. Nachbarn. Ein Kind aus der Schule, Fünftklässler wohl. Zwei Jugendliche aus der Zehnten, die den Trubel mieden. Marie blickte nach unten, auf den dunkelgrauen Teer.

»Erkennt man mich noch?«, fragte sie.

»Wenn man vorher schon weiß, dass du es bist. Aber sonst vielleicht nicht. Nicht mit der Maske.«

»Das muss mir wohl reichen«, sagte Marie, griff ihre beste Freundin am Ärmel und zog sie über die Straße und den Parkplatz und auf den Haupteingang zu.

Die Halle war rechteckig. An einem kurzen Ende lag der Haupteingang. An der Stirnseite öffnete sich eine Bühne, die groß genug war, dass sich eine ganze Band mit Equipment ohne Gedränge darauf Platz hatte. Als die Mädchen reinkamen, waren die Instrumente und Gerätschaften noch da, aber kein Mensch war auf der Bühne. Stattdessen wummerte und quietschte aus den Boxen Partymusik, die noch unerträglicher war, weil es Partymusik *für Kinder* war. Ballerman-Mucke, aber gesungen wie von Teddybären auf Helium. Nicht ein schmutziges Wort, nicht irgendwas Witziges.

Der Haupteingang bestand aus zwei Paar Flügeltüren, zwischen denen eine ungefähr vier Meter lange Wand stand. Auf der Außenseite war dort der Schaukasten mit Programmhinweisen, Belegplänen und Bekanntmachungen angebracht. Auf der Innenseite waren vor der Wand Biergartentische aufgebaut, auf dem sich so viele rechteckige Plastikkörbe stapelten, dass man die Frau hinter ihnen kaum mehr sehen konnte. Die Körbe waren alle randvoll mit Berlinern angefüllt. Unter den Tischen waren weitere Körbe gestapelt. Auf dem vordersten Tisch standen Reihen rechteckige Papiertütchen mit jeweils zwei Berlinern darin.

»Marmeladendöner!«, rief Marie, kaum dass die beiden durch die Tür gekommen waren, ließ Kathrin ohne ein weiteres Wort einfach zurück, wühlte sich durch die Menge bis zum Tisch und kam kaum eine Minute später mit zwei Tüten zurück zu ihrer besten Freundin.

Sie hielt ihr eine der Tüten hin.

»Können wir die einfach so ... nehmen?«, fragte Kathrin.

Marie nickte.

»Eine Tüte für jeden Besucher«, erklärte Marie. »Die kommen immer als Spende oder so von den Bäckereien in der Stadt und werden an alle als Geschenke verteilt. Das gehört einfach dazu!«

Marie ließ Kathrin keine Zeit, in die Tüte zu greifen, und zog sie weiter in das Getümmel hinein.

In der Halle standen rund Dutzende Biertische mit Bänken und einem Mittelgang, der vom hinteren Ende der Halle bis zur Bühne führte. An der rechten Seite der Halle war genug Platz gelassen worden, damit man sich gut auf dieser Seite für die Getränkestände oder die Toiletten anstellen konnte.

Vor einer viertel Stunde war das Kinderprogramm zu Ende gegangen. Kathrin und Marie fanden Mateo, der neben der Bühne stand und ihnen quer durch den Saal winkte.

Marie und Kathrin winkten zurück, gingen auf ihn zu - und brachen fast gleichzeitig in Gelächter aus.

Mateo trug die Spuren des Kinderfaschings im Gesicht: Er war komplett vom Haaransatz bis zum Kinn zu einem grau getigerten Kätzchen geschminkt worden. Komplett mit schwarzer Nase, grauen Schnurrhaaren auf den Wangen und angedeuteten Katzenöhrchen an den Schläfen.

»Kinderschminken! Mein Bruder wollte eine Taube werden ...«, erklärte Mateo augenrollend. »Das hat so eine Frau gemacht, Studentin oder so und die konnte nur Hase, Maus und Katze. Keinen einzigen Vogel und schon zweimal keine Taube, also haben wir das Nächstbeste gemacht und *Katz und Maus* gespielt.«

»Maunz!«, schnurrte Marie und tippte Mateo mit drei ausgestreckten Fingern gegen die Schulter. Eine ungewöhnliche Geste, weil sie sonst nie die Hand nach irgendwem ausstreckte, nicht mal einer Freundin wie Kathrin - und schon gar nicht jemanden anfasste. Freundschaftlich oder sonst wie. Außer natürlich, wenn sie zutrat oder zuschlug. Kathrin entging diese ungewöhnliche Geste nicht und sie sah deutlich, wie Mateo kurz verwundert mit den Brauen zuckte.

»Das Kätzchen guckt grimmig! War deine erste Fastnacht so schlimm?«

Mateo zuckte nur mit den Schultern und guckte ein bisschen gequält. »Ich will mir den Quatsch jedenfalls erstmal aus dem Gesicht waschen. Aber klar, meinem Bruder hat es gefallen. Es gab irgend so ein blödes Kinderschauspiel auf der Bühne und weiß ich noch alles. Kindertanzen. Jana und Boris haben ihn gerade vorhin abgeholt«, erklärte Mateo und machte sich auf den Weg zu den Toiletten.

»Aber es steht dir doch so gut, ein grummeliger Kater zu sein!«, rief ihm Kathrin noch hinterher und Marie unterstrich es noch mit einem lang gezogenen, gehässigen »Miiiiiiiiiaaaaaaaaauuuuuuu!«, das sie so laut und irgendwie so unanständig hinbekam, dass sich trotz des Lärmes im Saal ein paar neugierige Blicke zu ihnen umwandten. Aber zur Antwort bekamen die beiden Mädchen nur einen ausgestreckten, wackelnden Mittelfinger.

Die folgende Stunde wurde die Halle umgeräumt und nach dem Kinderfasching auf das Abendprogramm umgestellt. Marie, Mateo und Kathrin lungerten in der Menge herum und beobachteten und kommentierten alles, was vor sich ging.

Die Beleuchtung der Bühne wurde angepasst, die Musik lauter und von kindergerecht auf »Saufen und Ablecken« umgestellt, wie Mateo angesäuert grummelnd feststellte, der die Musik gar nicht abkonnte. Hinter dem Tresen wurden die Kühlschränke umsortiert und Orangensaft und Zitronenlimonade wurden durch Piccolos und Bier ausgetauscht.

»Fängt ja gut an«, kommentierte Kathrin, als die drei von einer Bierbank aus beobachteten, wie zwei Neuntklässler aus der Parallelklasse sich vor dem Tresen anstellten, um sich Alkohol zu besorgen. »Die wissen bestimmt, ihr Limit zu halten. Ob die das denen überhaupt verkaufen?«

»Juckt heute doch echt keinen«, erklärte Marie grinsend und hakte sich bei Kathrin links und Mateo rechts ein. »Wir brauchen das nicht! Aber wenn die das wollen ...«

Sie stand auf und zog Marie und Kathrin von der Bank und in Richtung der Bühne, wo eine Band aus mittelalten Familienvätern mit roten Clownsnasen in den Gesichtern gerade einen Soundcheck machte.

Marie schwamm durch die Menschenge und zwischen den Bänken, Tischen und herumstehenden Grüppchen hindurch wie ein Fisch durch einen klaren Bach zwischen Felsen hindurch in dicht wachsende Wasserpflanzen hinein. Je voller es mit der Zeit wurde, umso wohler schien sie sich zu fühlen, fand Mateo. Als hätte sie die Menge gebraucht, um ganz in ihr unterzutauchen, in voller Sicht aller zu verschwinden.

Nach gut zwei Stunden taumelten die drei Jugendlichen benommen aus der überfüllten Halle hinaus in die Nacht. Die klirrende Stille, die feuchte Kälte und das dunkelblaue Zwielicht des Nachthimmels und der Laternen stürzten auf sie ein, sodass sie für ein paar Sekunden draußen vor dem Eingang stehen blieben. Sie waren atemlos, taub und blind, die frische Luft weitete ihre Blutbahnen.

Drinnen ging die Feier noch weiter, blieb die Luft stickig, verbraucht und feucht-warm, wummerte die Partymusik, wurde gesungen und geschunkelt. Am Ende war es den dreien zu viel davon geworden. Fast schon *zu lustig*, was da drinnen abging.

Schlimm genug, wenn Gleichaltrige, aus der Achten oder Neunten oder auch noch die Oberstufe vom Barnhelm-Gymnasium anfingen, sich unmöglich aufzuführen, weil sich niemand darum kümmerte, wie viel sie tranken. Aber wenn auch noch die Erwachsenen damit anfingen, sich genauso zu verhalten wie angesäuselte Jugendliche. Alte Erwachsene. Eltern von Leuten, die man kannte! Als ob sie Teenager wären!

Wenn die anfingen, Karaoke zu singen, wurde es Zeit, den Rückzug anzutreten.

Neben schief singenden Erwachsenen hatte das Programm aus »lustigen« Faschingsansprachen bestanden, teilweise im komischen Dialekt, den die Alten hier noch sprachen und den keiner verstand, der in der Stadt aufwuchs.

Witzige Sketche, halbwegs talentierte Hobbybands. Der ersten Band, diese rotnasigen Familienväter, hatte Mateo tatsächlich etwas abgewinnen können, der selber Cello und Schlagzeug spielte. Dazwischen gab es immer wieder Tanzeinlagen von Faschingsvereinen, wo sich Mädchen in Akrobatik-Klamotten zu Techno verrenkten. Das hatte Mateo ganz gut gefallen. Aber dann waren diese komischen Faschingshexen in langen, zotteligen Gewändern aufgetaucht und hatten nur zu Trommeln auf der Bühne getanzt. Anschließend hatten sie das Licht ausgeschaltet und waren im Saal durch die Reihen gesprungen mit ihren regungslosen, gruseligen Holzmasken und hatten den Leuten Konfetti ins Gesicht geworfen.

Das hatte schon weniger wie Fasching und mehr wie Hexentreiben in der Walpurgisnacht ausgesehen. Mateo war froh, dass Joachim, sein Bruder, schon nicht mehr dabeigewesen war ... von so was konnte man ja nur Albträume kriegen.

Und immer wieder kurze Pausen, in denen die Leute an die Tresen gingen, um sich etwas zu trinken zu besorgen. Mateo war die ganze Zeit desorientiert und mit Kopfschmerzen sitzen geblieben, ihm machte der ganze Trubel keinen Spaß.

Aber Marie ...! Marie war voll in dem Quatsch aufgegangen, hatte sich mit allen möglichen Leuten unterhalten, Jugendlichen, Erwachsenen, hatte vor der Bühne in der Menge gestanden und nach jedem Auftritt gejubelt, egal wie gut oder grottig er gewesen war. Die Hälfte der bescheuerten Ballermann-Lieder hatte sie mitsingen können, bei der anderen Hälfte hatte sie einfach mit den anderen mitgetanzt - sofern man das komische Rumgehampel und Gehüpfe tanzen nennen wollte.

Nie hatte Mateo Marie so entspannt - so außer sich gesehen. Während sie jetzt zu dritt den gekiesten Weg hinabgingen, schielte er zu Kathrin hinüber und fragte sich, ob sie Marie schon öfter so erlebt hatte.

Mateo fühlte sich müde, er hatte ein ekliges Rauschen in den Ohren, von der verbrauchten, feucht-warmen Luft war ihm schwindelig geworden. Kathrin sah ein bisschen fitter aus. Aber Marie ... Marie glühte in der Dunkelheit unter ihrer Maske. Auf ihren rot leuchtenden Wangen waren

Schweißperlen zu sehen und ihre glühenden Lippen waren zu einem Dauergrinsen verzogen.

Gemeinsam umrundeten sie eine Grasfläche und steuerten auf die Mauer zu, die das Gelände vom Parkplatz abgrenzte.

»Ich werde mit diesem Faschingsgedöns nicht mehr klar«, seufzte Mateo, rieb sich die Schläfen und setzte sich auf den kniehohen Betonsockel einer orange leuchtenden Laterne. Kathrin lehnte sich neben ihn an die Laterne. Marie blieb stehen und wippte von ihren Fußballen auf ihre Zehenspitzen und zurück.

»Bleiben wir noch lange?«

»Muss nicht«, gähnte Kathrin.

»Aber beeilen müssen wir uns ja auch noch nicht, um heimzukommen, oder?«, warf Marie schnell ein.

Mateo blickte vom einen Mädchen zum anderen.

»Dann muss ich doch noch mal rein und ins Klo, nur um sicher zu sein«, gab er zu und stand wieder auf. »Wünscht mir Glück, damit ich sicher rein und wieder rauskomme, ohne in einer Polonaise mitgerissen werde! ... Ach übrigens!«, rief Mateo und blieb nach nur ein paar Schritten plötzlich wieder stehen und kramte in seiner Tasche. Er zog ein langes, metallenes Ding aus seiner Tasche und hielt es Marie hin.

»Bevor ich es noch mal vergesse. Den Schraubenzieher hast du neulich vergessen. Das Ding hat mich die ganze Zeit über durch die Tasche ins Bein gepikst und wahrscheinlich sogar ein Loch in den Stoff gemacht. Lass dich mal weiter von dem Teil stechen, ist eh deines!«

Überrascht schaute Marie das Werkzeug an und nahm es nach einer Sekunde Starren endlich entgegen.

Es hatte einen Herzschlag lang gedauert, bis Marie den Schraubenzieher erkannte, den sie neulich vor lauter Frustration in die Bank gerammt und vergessen hatte.

»Jetzt sind schon Ferien. Ich schmuggle ihn wieder zurück in den Technikraum, bevor wer merkt, dass was fehlt. Aber danke.«

Damit machte sich Mateo wieder auf den Weg.

Kathrin und Marie setzten sich nebeneinander auf den Betonsockel. Marie zog sich die Maske hoch und rieb sich die Augen.

Kathrin seufzte und tat es ihr gleich.

»Haber ihr schon keine Power mehr?« , fragte Marie.

»Du müsstest dich mal sehen!«, gab Kathrin zurück. »Du siehst genauso fertig aus. Tu nicht so, als wärst du das Feiern und Rausgehen noch groß gewöhnt. Wann warst du das letzte Mal weg? Wir haben auf jeden Fall nichts miteinander mehr gemacht.«

»Es hat sich einfach nicht gut angefühlt.«

»Ich hab mir Mühe gegeben. Wenn schon nicht Rausgehen und die Ministranten auch nicht, dann irgendwas anderes. Wir hätten mal wieder einen Spieleabend machen können, wie früher. Was weiß ich denn? Ich habe dich eingeladen!«

»Es war halt ...«

»Nicht so einfach. Ich weiß! Trotzdem ... Zumindest gut, dass das heute geklappt hat.«

»Aber Mateo mochte das jetzt, glaube ich, gar nicht. Hast du ihn arg bequatschen müssen, dass er mitkommen will und mir schreibt?«

Kathrins Mundwinkel zuckte leicht. Vergnügen? Gehässigkeit? ... Bitterkeit? »Nö. Es war seine Idee.«

»Ach so?!«

»Ja, ach so, Marie! Als ich dir letzte Woche geschrieben habe, ob du nicht mal rüberkommen willst, da hast du nicht mal geantwortet! Und bei mir daheim ist doch niemand, der irgendwas weiß, außer mir, also kann es ja nicht **daran** liegen, oder?«

Kathrin sprach nichts direkt aus und doch war alles gesagt.

»Aber bei Mateo geht es dann plötzlich und wir unternehmen wieder was zusammen! Stehst du auf ihn oder was, dass es dann plötzlich klappt?«, platzt es auf einmal aus Kathrin heraus und die plötzliche Ehrlichkeit traf Marie.

»Ich weiß ja jetzt nicht mal, ob ich hier willkommen bin oder nur störe, weil ihr lieber alleine wärt?«

Kurze Stille, dann zitterte etwas in Maries Gesicht. Ein einzelner Muskel. Fast sah es so aus, als würden ihre Augen dunkler. »Spinnst du jetzt? Ich will doch nichts von Mateo! Bist du bescheuert? Wir sind zu dritt hier - oder bist du eifersüchtig?«

Zur Antwort versetzt ihr Kathrin einen Schlag gegen die Schulter. Nicht total aggressiv, aber stark genug, dass es ein bisschen wehtat. Verdattert starrte Marie ihre Schulter an, dann Kathrin und spürte, wie das Zittern jetzt auch in ihrem Körper war. Es war der erste Keim von **Wut.**

Aber Kathrin kannte den Ausdruck zu Genüge, den Maries Gesicht dabei angenommen hatte. Sie starrte ihr ins Gesicht, geradewegs in die Augen und hielt sie mit ihrem Blick so fest, dass Marie gar nicht zucken konnte. Egal, wie wütend sie auch werden wollte.

»Ich will endlich, dass wir wieder mehr wie früher einfach was unternehmen, dass alles einfach wieder ein bisschen normal werden kann ... zu zweit, zu dritt, egal! Ich will wieder unsere Freundschaft zurück! Und du doch auch. Das ist alles einfach ... so Mist, alles!«

»Ich wollte dich ja nicht nerven!«, antwortete Marie in ihrem defensiven Ton, der halb wie ein Eingeständnis, halb wie ein Vorwurf klang. Aber Kathrin verstand sie und nickte. Sie wusste das, aber sie wusste auch, dass Marie eben nicht alles einfach abstellen konnte. Man kommt nicht aus der eigenen Haut heraus - egal, was man mit ihr macht.

Absturz

Marie ließ die Füße baumeln und betrachtete erst den einen, dann den anderen. Erst den Linken, dann den Rechten.

»Ich gebe dir die Schuhe nicht mehr zurück. Die gefallen mir viel zu gut!«

»Du trägst doch sonst keine offenen Schuhe!«, antwortete Kathrin.

»Aber diese gefallen mir. Und es gefällt mir, dass sie eigentlich nicht mir gehören. Und dir ja eigentlich auch nicht. Für mich sind sie die Schuhe von einem ganz fremden Mädchen. Sie sind ein kleines bisschen locker, aber vielleicht kann ich da ja reinwachsen. Zu jemandem ganz Neuen heranwachsen. Wie ist deine Cousine so?«

»Anstrengend! Aber da seid ihr ja dann gar nicht so sehr verschieden. Auch wenn sie ein bisschen leichter zu erziehen ist.«

Marie überlegte kurz, ob sie beleidigt sein sollte, entschied sich aber dagegen. Dass Kathrin ein bisschen sticheln konnte, tat ganz gut. Sie tat es auf eine Art, die ehrlich und trotzdem sanft war. Und der Gefühlsausbruch von vorhin war fast wieder in alle Richtungen verweht.

»Irgendwo braucht man Gemeinsamkeiten, wenn man ganz jemand anderes werden möchte.«

»Jemand anderes oder wirklich jemand neues?«

Marie antwortete Kathrin nicht sofort, sondern blickte wieder auf die Schuhe, die ihr so gut passten, aber die so wenig *zu ihr* passten.

Eigentlich egal, dachte Marie, *Hauptsache jemand Fremdes.* Aber sie sagte nichts mehr. Kathrin hatte immer diese komische Wirkung, dass man mehr verriet, als man eigentlich gewollt hatte. Und typisch Kathrin: Bis gerade eben war sie vielleicht noch ein klein wenig sauer gewesen und man hatte es ihr ein bisschen am Gesichtsausdruck angesehen. Aber jetzt schaute sie Marie schon wieder mit ihrem sacht schiefgelegten Kopf und leichten Lächeln an, die richtig einluden, einfach weiterzureden.

Marie hatte diese Woche schon einmal viel zu viel gesagt und entschloss sich, die Klappe zu halten, und fummelte stattdessen verlegen an ihrer Maske herum, schwieg und schaute weg. Kathrin schien zu begreifen, denn sie fischte ihr Handy aus der Tasche und begann, darauf herumzutippen.

Nach stillen fünf Minuten tauchte Mateo wieder auf.

»Hast ja lange gebraucht für dein Geschäft. Hast du dich entschieden, vor der Mädchentoilette anzustehen?«, begrüßte ihn Marie.

»Es gab echt eine Schlange. Sogar vor dem Männerklo. Außerdem ist es schwer, durch dieses Gewühl durzukommen. Die haben wirklich gerade eine Polonaise getanzt, als ich wieder raus bin. Bitte sagt mir, ihr habt euch nicht umentschieden und wollt wieder rein!«

»Ach was!« Kathrin winkte ab. »Wir haben jetzt ein neues Projekt. Viel spannender. Wir machen aus Marie einen neuen Menschen!«

Verwirrt blickte Mateo von der einen zur anderen.

»Ihr habt jemanden aufgetrieben, der Marie endlich Manieren einbläuen könnte?«, versuchte Mateo, sich für den schnippischen Kommentar von gerade eben zu rächen und bekam von Marie zur Antwort ein paar Kieselsteine an die Stirn geschnippt.

»Ich habe einen Plan«, erklärte Kathrin. »Du bringst ihr bei, wie man ordentlich die Fingernägel lackiert«. Sie deutete auf Maries Fingerspitzen. Ihre Nägel waren teilweise nur zu drei Vierteln lackiert, dafür hatten die Nagelbetten einiges abgekriegt und ganz vorne war aller Lack schon teilweise wieder abgekratzt. »Das geht so ganz einfach nicht!«

»Dann muss sie aber zuerst mit dem Nägelkauen aufhören«, gab Mateo zu bedenken.

Kathrin nickte. »Du machst das. Ich kümmere mich um die Manieren.«

»Manieren?«, fragte Marie.

»Manieren! Die Höflichkeit.«

»Ich bin aber höflich, wenn ich will!«, protestierte Marie. »Es sind halt alle Trottel, die es nicht verdient haben, dass man höflich zu ihnen ist!«

»Dann musst du es nur noch dann werden, wenn du musst, nicht nur, wenn du willst!«, sagte Mateo und setzte sich so, dass er und Kathrin Marie zwischen sich einrahmten.

»Und dann die Ausdrucksweise, das wäre die nächste Baustelle!«, führte Kathrin fort.

»Leck mich doch!«, antwortete Marie.

»Siehst du, so redet man nicht! Die Klamotten müssten auch damenhafter werden.«

»Aber das ist einfach. Die richtigen Schuhe habe ich ja schon! Den Rest kann ich mir bei Gelegenheit zusammenklauen.«

»Das machen liebe Mädchen aber nicht!«,

Marie blickte von Kathrin zu Mateo und zurück.

»Das ... Ja okay, irgendwie käme ich schon dran. Aber wenn ihr mich dann noch damit nervt, nehme ich eine Schere und schneide alle hübschen, neuen Klamotten so zusammen, dass sie alle bauchfrei sind bis hierher!«, sagte Marie und deutete irgendwo auf das untere Ende ihres Brustbeins. »Auch jetzt im Winter, nur, damit ihr euch ärgert!«

»Hat die Müller nicht letztens eine Zehntklässlerin heimgeschickt, weil sie bauchfrei in der Schule rumgelaufen ist, obwohl es draußen so kalt war, dass sogar Schnee angesagt war? *Fürsorgepflicht und Gesundheitsrisiko und was weiß ich*«, warf Kathrin ein. »Von der Schule heimgeschickt zu werden. Nicht sehr damenhaft!«

Marie zuckte mit den Achseln. »Aber Fun, verdammt! Ist dieses Jahr auch erst einmal passiert!« Sie seufzte. »Eine Musterschülerin zu werden, klingt mir zu anstrengend. Was würdet ihr dann machen, wenn ich das alles hingekriegt habe?«

»Und du uns alle Schuhe und Nagellacke geklaut hast?«

Marie nickte.

»Wir machen ein Casting, um dich zu ersetzen, weil du zu langweilig geworden bist!«, antwortete Kathrin und legte ihrer besten Freundin den Kopf auf die Schulter. »Aber das wäre ein scheiß Ersatz!«

Mateo lehnte sich zurück.

Marie war schon lange **nicht so wenig** angespannt gewesen. Vielleicht nicht entspannt. Aber fast nicht mehr angespannt. Sie konnte richtig tief ein- und wieder ausatmen, ohne dass sie mittendrin stocken musste, weil keine Luft mehr reinzupassen schien. Ihr Fassungsvermögen für frische, kühle, nach Feuchtigkeit duftende Luft war grenzenlos in diesem Augenblick. Und genau so ihre Gier nach diesem Geruch von *Leben*.

Es war ein witziger Gedanke gewesen, sich das vorzustellen. Aber am Ende war es doch nur eine Gedankenspielerei gewesen. Gehirnfasching.

Ich kann ja eh nicht ganz von mir selber weg. Nicht mal halb!, tauchte schon wieder ein dunkelgrauer Gedanke in der Stille auf. *Egal, wie sehr ich es will. Ich kann nicht weg!*

Wieso sollte es dann überhaupt die Anstrengung wert sein, irgendwas ändern zu wollen?

Während sie auf dem Laternensockel am Rand des Fußweges hinauf zum Saal saßen, kamen immer wieder Grüppchen aus mehr oder weniger Verkleideten vorbei. Rote Nasen, Plüschohren, bunte Perücken voller Konfetti, lustige und aufwendige Kostüme. Marie folgte ihnen unauffällig mit den Augen. *Jemand anderes könnte einfach wieder reingehen und mit ihnen sein, als wäre er jemand Normales wie alle anderen dort.* Fast fühlte sie etwas sanft Ziehendes in ihrer Brust. Sehnsucht? Zweifel.

»Wird langsam auch hier draußen eng«, bemerkte Mateo mit Blick auf die Menschengrüppchen, die immer näher zu kommen schienen.

Wie zur Antwort gähnte Marie laut und mit offenhängenden Kiefern.

»Nicht sehr damenhaft!«, kommentierte Mateo. »Vorhin noch große Töne gespuckt, wie viel du feiern könntest!«

»Menschen machen müde! Lasst uns wo was Ruhigeres suche.« Marie lächelte leicht, fummelte aber auch schon wieder nervös an ihrer Maske herum und blickte zu den Menschengruppen hinüber, die vor der Halle und auf dem Kiesweg gar nicht weit weg von ihnen entfernt standen. Und plötzlich hatte sich alles wieder gedreht. Was ihr Spaß gemacht hatte, war jetzt wieder zu einer Bedrohung geworden.

Wie es eben ist mit Marie: Ihre Stimmung hat sich komplett gedreht und aus Spaß wird Stress und aus Stress wird - totale Panik!

Marie hatte zwar ihre Maske vorhin ausgezogen, aber ihr schmales, blasses Gesicht, das geschnitzte, falsche Lächeln war als zweite, dauerhafte Maske wieder da.

Mateo und Kathrin begriffen beide gleichzeitig und standen auf.

»Ihr könnt ja noch bleiben, wenn ihr wollt. Ich finde auch alleine heim!«, murmelte Marie in das Halbdunkel zu ihren Füßen hinein.

»Lass uns einfach wieder zum Bach runter und zurück in die Stadt gehen. Wir können ja bis zum

Bahnhof zusammen laufen«, schlug Kathrin vor, Mateo stimmte zu, Marie nickte nur, ließ sich von beiden auf ihre Füße ziehen und folgte ihnen, wie sie langsam und in weitem Bogen um die Festhalle herumgingen und dahinter wieder durch das Gewerbegebiet in Richtung Bach wanderten.

Kathrin und Mateo gingen vorneweg und unterhielten sich leise über alles mögliche, die komischen Faschingstänze, das peinliche Gebalze der Erwachsenen, wie sich manche Leute, die sie aus der Schule kannten, abgeschossen hatten.

»Moment, wartet!«, rief Kathrin, nachdem sie ein paar hundert Meter gegangen waren, zog ihr Handy aus der Tasche und tippte darauf herum. »Stellt euch beide noch kurz zusammen! Wir haben gar kein Bild von uns drei zusammen gemacht!«

»Ein Selfie, wenn ich schon komplett kaputt bin?«, fragte Mateo unwillig.

»Ich glaub auch nicht, dass ich da drauf gehöre«, versuchte sich Marie leiser und mit gesenktem Kopf aber genau so bestimmt herauszulavieren.

»Keine Widerrede!«, antwortete Kathrin in ihrer eigenen starken, sanften Art, griff sich Mateos Ärmel und zog ihn widerstandslos an Maries Seite. Selbst stellte sie sich auf Maries andere Seite, sodass sie und Mateo Marie mit ihren Schultern einrahmten.

»Guckt nicht wie müde Zombies!«, befahl Marie grinsend, streckte die Hand mit dem Handy aus und machte hintereinander drei Fotos. Rechts Kathrin, die durch ihre ins Gesicht hängenden Strähnen in die Kamera lächelte. Auf der anderen Seite Mateo, der die beiden Mädchen so weit überragte, dass er kaum aufs Bild passte und der sich alle Mühe gab, zu überspielen, wie müde er war. Dazwischen: Marie, mit ihrem frischgeschorenen, blonden Bürstenschnitt, der am auffälligsten war, weil sie den Kopf gesenkt hielt und das Gesicht dem Boden zugewandt hatte. Aber ihre eisblauen Augen waren direkt auf die Kamera gerichtet. Sie schillerten feucht und kalt.

Nachdem Kathrin ihr Selfie bekommen hatte, gingen sie weiter, die hell erleuchtete Stadthalle hinter ihnen. Marie ging Mateo und Kathrin langsam hinterher, hörte ihnen aber nur mit einem halben Ohr zu und sagte nichts.

Seitdem die Sonne unter die Hügel hinter der Stadt gesunken war, war es schlagartig kalt geworden. Der Himmel hatte sich zu einem dunkelblauen, fast schwarzen Tuch verfärbt, durch das kaum der Mond und kein einziger Stern mehr dringen konnte. Das letzte bisschen Abendrot war lange verschwunden und der Mond war nur eine eiskalte Scheibe hinter grauen Wolken. Vor den Gesichtern von Marie, Mateo und Kathrin bildeten sich bei jedem Atemzug kleine Dunstwölkchen. Sie marschierten geradewegs in die kalte Dunkelheit hinein.

Sie waren gerade an der Tankstelle am Ende des Gewerbegebietes vorbeigekommen. Sogar sie lag still, dunkel und leer da. Nachts gab es hier nur automatischen Betrieb und außer ein paar Leuchten, die die Zapfsäulen funselig erhellten, spendete auch sie kein Licht. Vor den drei Jugendlichen lagen noch 500 Meter Straße mit dunklen, schmucklosen grauen Kästen aus Beton und ohne Lichter links und rechts, bevor sie wieder auf den Fahrradweg stoßen würden, der direkt vor ihnen von der Brücke über den Bach abzweigte. Irgendwo ein paar Hundert Meter ihnen in einer Sackgasse wummerte die größte Diskothek der Stadt. Der Bass wanderte durch den Asphalt bis scheinbar unter ihre Füße. Ansonsten war es so still, dass man den Nebel knistern zu hören glaubte. Das knirschen der Schritte auf dem feuchten Straßenbelag. Manchmal knirschte es von links oder rechts, Schatten in der orangenen Nacht schwebten kurz hervor und verschwanden wieder, einzelne Wörter, Satzfetzen hallten von einem Ende der Straße zum anderen. Passanten, Feiernde, die auf dem Heimweg waren - oder zur nächsten Station für diesen Partyabend.

Das ist fast schon schön so, überlegte Marie. *Alleine sein, aber jemanden dabei haben, ein bisschen einsam, aber mit anderen zusammen, die so was wie Freunde sein können.*

Marie schob die Fingerspitzen ihrer linken Hand über das andere Handgelenk und in den Ärmel hinein. Alles das, die Stimmung, in die sie plötzlich getaumelt war, tat ein bisschen weh. Aber nur ein bisschen. Und auch nicht auf eine unangenehme Art.

Es war ein schöner Abend.

Bis Marie, Mateo und Kathrin den Bach erreichten.

»Ich habe dir doch gesagt, dass die es ist!«

Es war die Stimme eines jungen Mannes und die feucht genuschelten Worte klangen irgendwie taumelnd, weil die Lautstärke der Stimme hin und her schwankte, als sollte es gleichzeitig geschrien und geflüstert werden.

Eine Glasflasche klimperte über Kies aus den Schatten hinter einer Bank, die auf den Bach blickte. Dem Geräusch folgte eine halbdunkle Gestalt, hochgewachsen, hager und mit einem rot leuchtenden Gesicht. 17, vielleicht 18, auf jeden Fall älter als Kathrin und Marie und vielleicht auch noch älter als Mateo.

Einfach ein Betrunkener von der Faschingsfeier. Kein Grund, sich zu stressen. Auch wenn er vom Kiesweg auf den Bürgersteig trat, auf dem die drei gingen: Sie konnten einfach an ihm vorbeigehen, ohne ihn anzusehen. Anstatt abzubiegen und in der Dunkelheit den Bach entlang zu gehen, würden sie einfach geradeaus weiter und über die nächste Fußgängerbrücke gehen, wie zufällig, als wäre das ohnehin die ganze Zeit über ihr Ziel gewesen. Es würde gar nicht auffallen, dass sie den Typen meiden wollten. Und dann einfach auf der anderen Uferseite, mit dem eiskalten Wasser des Baches zwischen ihnen und ihm in die eigentliche Richtung weiter. Alles gut. *Nur nicht stören lassen!*

Der Typ stellte sich breit auf den Fußweg, aber das war auch kein Problem. Jetzt am Abend war hier kein Auto mehr unterwegs, sie konnten also auch einfach nach rechts auf die Fahrbahn ausweichen, ganz entspannt, *man will sich ja nicht gegenseitig im Weg sein* ... Einfach weitergehen, Augenkontakt meiden - aber sie hatten ja doch alle drei gehört, was der Typ gesagt hatte: »... dass die es ist!«

Die, das war Marie. Natürlich war sie es. Kathrin hatte Maries Arm sachte ergriffen, sich bei ihr eingehakt und presste Maries Ellenbogen sachte an sich. Von außen hätte es so ausgesehen, als ob Kathrin bei Marie Schutz gesucht hätte. In Wahrheit war es andersherum.

Etwas zitterte in ihrem Arm, ganz leise. Das war Marie, die sich anfühlte, als wäre ihr ganzer Körper in eine Art Vibrationsalarm verfallen, dem aber langsam der Strom ausging. Halb zog Kathrin Marie mit sich über den Randstein und auf die Straße, halb tappte Marie wie eine Schlafwandlerin vor sich hin, den Blick gesenkt auf ihre Schuhe, die sich in der Dunkelheit zu einem tiefen Orange verfärbt hatten. Ihre Schuhe, die eigentlich Kathrins Schuhe waren.

»TUT DOCH NICHT SO, ALS WÜRDET IHR NICHTS HÖREN!« Besoffenes Brüllen, das von den dunklen Mauern der menschenleeren Straße widerhallte.

Halb waren sie schon an dem Typen vorbei. Mittlerweile war noch jemand aus den Schatten getreten, der auf den Typen einredete: »Lass sie doch in Frieden. Die gehen doch!«

»Aber wieso denn?«, antwortete der Typ seinem Freund zu laut als nötig, damit es die drei auch hörten. »Sind halt einfach zu beschäftigt für uns. Die M... Miriam? Marion? Weißt du noch, wie die heißt?«

Sie waren fast vorbei. Die beiden Jungs hatten sie schon in ihrem Rücken. Nicht umdrehen, keine Aufmerksamkeit schenken. Weitergehen. Den Ellenbogen fester ziehen, Marie noch ein bisschen mehr an sich drücken.

»Keine Ahnung mehr, wie die heißt. Aber die haben es eh eilig. Müssen wohl heim und ein neues Filmchen drehen!«

Ein dreckiges Lachen. Marie erstarrte mitten zwischen zwei Schritten und so abrupt, dass Kathrin fast gestolpert wäre. Kathrin sagte nichts, aber sie zog an Maries Oberarm. Sachte, aber bestimmt, mit genügend Kraft, damit Marie schließlich kraftlos und unsicher über den feuchten, kalten Asphalt weiterschlurfte.

Während der Ältere weiter dreckig lachte und irgendwelche unverständlichen Kommentare vor sich hin lallte, flüsterte sein jüngerer Kumpel ihm zu: »Lass doch einfach gut sein ... Thorsten ... Chill einfach mal und ...« Aber der Typ hörte einfach nicht zu, verströmte den ekelhaften Geruch von ausgeschwitztem Alkohol in die kalte Nachtluft und verfolgte die beiden Mädchen und den Jungen mit aufgerissenen, roten Augen, während er versuchte, sich zu konzentrieren.

»Mmmmmmm«, brummte er und presste die Augenbrauen zusammen.

Die drei waren vorbei, sie hatten die beiden Idioten schon hinter sich gelassen. Sie würden nach einem, zwei weiteren Schritten wieder auf den Bürgersteig treten können.

Da fiel der Groschen.

»MARIE«, brüllte er in die angespannte, leere Stille hinein. »**Marie** war doch dein Name, oder nicht? Ne! Du hast gezuckt. Also stimmt es doch. Marie! Seid ihr unterwegs, einen neuen Film zu machen? Bekommen wir den dann auch zu sehen?«

Kathrin wurde fast von den Füßen gerissen, als sich Marie plötzlich umdrehte und ihren Arm mit einem brutalen Ruck aus Kathrins Umklammerung befreite und auf den Typen zu rannte.

Woran sich Marie später erinnerte:

Sie hatte die ganze Zeit über gezittert. Kathrin hatte sie gezogen, weiter, immer weiter über den Fußweg, über die Straße. Der Besoffene hatte irgendwas gestammelt und sie angeschaut. Der Gestank war ekelhaft gewesen, aber der Blick noch schlimmer.

Marie nicht hinsehen, um zu wissen, dass er starrte. Auf ihrer Stirn, auf ihrem Unterleib, auf ihren Wangen und schließlich auf ihrem Rücken hatte sie seine Augen gefühlt wie Finger, die darüberstrichen und gelegentlich zustießen. Marie hatte auf Kathrins Arm gestarrt, der sie festgehalten und gezogen hatte, auf den Boden, auf die Schuhe, die ihr nicht gehörten.

Aber sie hatten es geschafft. Kathrin hatte sie gezogen. Sie waren weitergegangen.

Mateo neben ihr, nicht so eng, wie Marie es sich vielleicht gewünscht hätte, aber natürlich war er überfordert gewesen, ratlos ... ängstlich ... Aber Kathrin hatte statt seiner sofort begriffen und Maries Arm wie einen Schraubstock umschlossen und hinter sich her gezogen.

Es hätte ihr Kraft geben sollen, so im Arm gehalten zu werden - vielleicht hatte es das auch ein bisschen. Aber schnell wurde Marie von ihrem Körper im Stich gelassen und hatte begonnen zu zittern, richtig zu beben, und sofort war Marie davon schlecht geworden. Kotzübel. Mit jedem Neuen der ständigen, stärker werdenden Schauern kroch ihr der Ekel weiter aus dem Magen den Hals hinauf. Ekel vor den Blicken. Ekel vor den Gedanken, die ihr so klar waren, als könnte sie sie lesen. Ekel vor ihrer Vergangenheit, die sich in diesen Gedanken spiegelten. Ekel vor dem Gestank des Alkohols. Ekel vor den Erinnerungen. Aber vor allem: Ekel vor der Angst, die in ihr zu wachsen begann und zu wuchern. Ekel vor dem Zittern ihres ganzen, mageren Körpers, das lauter als jeder Schrei mitteilte, wie sehr sie sich fürchtete.

...

Ekel vor sich selbst.

Alles war dunkler geworden. Schon seit Marie das erste Mal die Schritte auf dem Kies gehört hatte, seit sie das erste Mal die Augen gesehen hatte, die sie gefangen genommen hatten.

Die Schatten um sie herum, auf der Straße, hinter den Zäunen, über den Wolken waren dichter geworden. Sie waren schwärzer, scharfkantiger, fast fleischig und dreidimensional geworden, als hätten die Schatten Körper bekommen, denen wiederum eigene schleimige, muskulöse Schatten wuchsen.

Alle Farben waren blass und grau geworden, wie wenn sie in einen Schwarz-Weiß-Film gefallen wären.

Dunkelheit hatte begonnen, wie Nebel aus dem Boden hervorzukriechen, auf Marie zu, auf Marie herab.

Lichter erloschen. Die Straßenlaternen waren farblos und schal, die Sterne glommen schwächlich wie alte, vergilbte Fleißaufkleberchen aus der Grundschule.

Ihre Zunge war taub geworden. In der Haut ihres rechten Armes kribbelte und brannte es. Zwischen den Narben, wo noch Platz geblieben war, krabbelte es.

Etwas Neues hatte sich in Marie ausgebreitet wie eine dunkelrote Wolke, die das Licht scheute, die in der Dunkelheit in ihrem Kopf erst wachsen konnte und Sekunde für Sekunde größer wurde, bis Marie vor sich und um sich herum nichts mehr sehen konnte, als Rot.

Kathrin war in diesem blutigen Nebel zu einer formlosen Silhouette verschwommen, ihre Berührung war nur noch ein lauwarmer Hauch gewesen.

Marie zitterte und zitterte. Immer stärker. Aber nicht mehr aus Angst.

Mit dem Rot war die Hitze gekommen.

»Marie!«

Hitze, die in ihrer Brust aufflammte.

»... du hast gezuckt! Stimmt doch, oder?«

Rot, das alles überstrahlte, den Nebel entzündete, die Dunkelheit blutrot ausleuchtete. Ihr Körper, der sich anfühlte, als würde er in Flammen stehen. Zittern. Beben. Geballte Fäuste.

»... nach Hause ... Film drehen ... bekommen wir den auch zu sehen?«,

Als sie die letzten Wörter hörte, brach alles zusammen.

Alle Lichter gingen aus.

Es war stockdunkel geworden in Marie.

Und gleichzeitig wurde ihr ganz leicht, Maries Arme und Beine wurden schwerelos und verloren ihr ganzes Gefühl ... Sie hatte keine Kontrolle mehr über ihre Glieder, alles passierte automatisch - und das fühlte sich **so gut** an.

Die Wut.

»Wie wäre es einfach, wenn du deine beschissene Schnauze hältst?«, kreischte eine Stimme in die Nacht hinein und dem Typen entgegen. Die Stimme klang beinahe wie ihre eigene.

Maries Körper stürmte auf ihn zu und noch bevor er reagieren konnte, hatte Marie den jungen Mann am Shirt gepackt und an sich herangezerrt.

Sie brüllte etwas, aber es klang mehr wie das wortlose Kreischen eines verwundeten Tieres als von einem Menschen.

Mit ihren Fingern fest in den Jackenkragen des Typen gekrallt starrte sie ihm in die Augen, knirschte mit den Zähnen, dann stieß sie ihn zurück mit einer solchen Kraft, dass er mehrere Schritte rückwärts taumelte und kurz riskierte, nach hinten umzufallen.

Der andere stand nur verdattert da und blickte ratlos und vielleicht auch ein bisschen panisch zu Marie - oder eher zu dem Wirbelsturm aus Hass und Zorn, der von ihr ganz Besitz ergriffen hatte.

»Wie wäre es, wenn du einfach verschwindest? Verpiss dich, anstatt uns zu nerven, du Schwein!«

Maries Stimme überschlug sich, stockte, egal, sie schrie einfach weiter, bis ihre Stimmbänder vor Schmerz zitterten, verkrampften, versagten. Egal. Sie schrie weiter.

Sie standen sich gegenüber. Aber kaum, dass der Typ wieder auf die Füße gekommen war, grinste er wieder nur sein hässliches, schmutziges Lächeln. Und weiter spürte sie seine Augen über sich hinweggehen, ihren zitternden Körper mustern.

»Du gehst ja richtig ab - sogar wenn keiner filmt!«, krächzte der Typ unglaublich schmierig und gehässig.

Kathrin hatte irgendwie noch Maries Arm zu fassen bekommen, bevor Marie wieder auf ihn zuspringen konnte, noch wütender, noch mehr darauf fixiert, ihm das Gesicht zu zerschlagen, die Augen herauszureißen, ihm so lange in den Bauch zu treten, bis er keinen Ton mehr von sich gab, nicht mehr ein Zucken zustande bringen würde. Bis man ihn nicht mehr wiedererkennen würde. Ganz egal, dass der Typ eineinhalb Köpfe größer war als sie und locker doppelt so viel wog wie sie. Sie würde ihn schon irgendwie zu Boden bringen. Egal wie. Hauptsache, er würde **Schmerzen** fühlen!

Aber Kathrin hielt ihren rechten Unterarm umklammert und redete irgendeinen Schwachsinn von »Ignorieren ... weitergehen ... er ist es nicht wert ...«

Kathrin ging das Risiko ein, dass Marie ihr auch wehtun würde.

Nicht nur aus Versehen.

Marie **wollte** ihr wehtun, wenn sie nicht bald losließ!

Dann war auch noch Mateo in ihrem Augenwinkel aufgetaucht, als ihre linke Hand, die Halt gesucht hatte, etwas ertastete. Etwas Metallisches, das lang war und spitz und griffbereit in ihrer linken Hosentasche, etwas, das perfekt war zum Zustechen und dessen Griff ganz ausgezeichnet in ihren Handteller passte.

Eine Waffe, die ihr ganz unverhofft zugefallen war.

Ein kleines Wunder für ihre Wut.

Alleine von ihren Instinkten gesteuert, kontrolliert von ihrer unbändigen Wut, ließ sich Marie plötzlich zwei Schritte zurückfallen, so plötzlich, dass Kathrin unwillkürlich ihren Griff löste und Marie ihr aus den Fingern glitt. Dann zog Marie den Schraubenzieher aus der Tasche, umklammerte ihn mit der ganzen Kraft, die ihre dünnen Finger irgendwie aufbringen konnten, und sprang auf den Typen zu, flog fast. Marie stach vor sich in die Luft, aber sie erwischte den Typen nicht, erreichte ihn gar nicht. Trotzdem war ein seltsamer Widerstand im Weg. Sie war noch einen halben Meter entfernt gewesen, knapp außer Griffweite. Zu weit entfernt, um zu treffen. Trotzdem hatte sie **etwas** getroffen.

Sie versuchte, noch mal auszuholen, aber der Widerstand blieb immer noch, als sei sie irgendwie hängen geblieben. Das **STÖRTE**! Was war das? Wieso musste sie so viel Kraft aufwenden? Wieso waren ihre Finger so glitschig? Wieso ... rutschte der feuchte Griff des verdammten Schraubendrehers ihr aus den Fingern und fiel klirrend auf den Asphalt, gerade dann, als nur Zentimeter diesen Scheißkerl von ihr trennten? Wieso schrie jemand, der nicht der Typ war, **dem sie die Fresse hatte zerstechen wollen?**

Verdattert blieb Marie stehen und für den Bruchteil einer Sekunde blitzte alles wieder halbdunkel um sie herum auf, hatte wieder Farbe bekommen, konnte Marie wieder denken, fühlen. Und sie fühlte: Ihre linke Hand war klebrig, nass und warm. Marie starrte sie an. Ihre Handteller und die Finger waren rot vor Blut.

Verwirrt blickte Marie wieder auf. Der Typ stand ihr gegenüber und starrte regungslos - aber er starrte nicht sie an. Sein Gesicht war unverletzt - so gerne sie es ihm auch zerschnitten hätte. Wo kam also all das verdammte Blut her?

War sie selber verletzt? Marie spürte keinen Schmerz ... Aber eigentlich spürte sie nie den

Schmerz, wenn sie so wütend war. Sie schaute an sich hinunter, aber sie fand nichts. Nicht den kleinsten Kratzer.

Marie blickte sich um. Sie wollte Kathrin finden, wollte sie fragen, was los war, wo das Blut herkam. Aber vor lauter Verwirrung drehte sie sich in die falsche Richtung und sah Mateo. Sah das Blut. Sah, wo das Blut herkam.

Maries Knie gaben einfach nach und knickten ein, schlugen auf dem Boden auf, ihre Hände, die saubere und die blutige, waren eiskalt und zitterten. Das Blut - Marie glaubte, es riechen zu können. Feuchtes, warmes Eisen, ein altbekannter Geruch. Mateos Blut, an dem sie schuld war! So nah, dass sie es fast schmecken konnte.

Es war so ekelhaft. Ihr Magen wehrte sich gegen das Gefühl und ihr Kopf gegen die Wahrheit. Es tat so weh; in ihrer Brust, ihrem verzerrten Nacken, ihren Schultern, direkt hinter ihrer Stirn.

Und weil sie nichts sagen konnte, nicht weinen, nicht bitten, nichts denken, schrie Marie. Sie schrie Wut, Angst, Schmerz, Trauer und Zorn. Alles auf einmal. Ekel und Hass, vor sich, auf sich - Marie schrie, presste die Hände abwechselnd auf ihren Mund und ihre Augen.

Nur ganz leise hörte sie, wie der Typ in Gelächter ausbrach.

Das plötzliche Blut und Mateos erstickter, erschrockener Schrei hatten den Typen schon wieder halbnüchtern werden lassen. Aber er hatte sofort auf eine andere Art die Kontrolle verloren und hysterisch losgelacht. Kein Lachen aus Vergnügen. Ein Lachen aus Angst, der Überforderung, des Schocks. Ein Lachen, weil man sonst verrückt werden müsste vor Panik. Es dauerte eine halbe Minute, bis er sich wieder irgendwie unter Kontrolle hatte und das Lachen zu einem ersticken Husten geworden war.

Sein vernünftigerer, aber genauso betrunkener Kumpel hatte schon hinter sich auf den Kiesweg gekotzt in der halben Sekunde, als Mateo noch den Schraubendreher in der Hand stecken gehabt hatte.

Ungläubig und ratlos hatte er nur zusehen können, wie sich Marie losgerissen hatte und auf seinen Kumpel zugestürmt war, ihn gestoßen hatte, bereit gewesen wäre, es mit ihnen beiden gleichzeitig aufzunehmen. Kathrin hatte sie noch zurückziehen wollen, dann war da der Schraubendreher gewesen, der im orangenen Licht spitz geglänzt hatte. Marie hatte ausgeholt, da war das Gesicht des Typen kein Meter mehr von ihr entfernt gewesen. Da hatte Mateo verzweifelt versucht, sie irgendwie zurückzuhalten, sie festzuhalten, das Schlimmste zu verhindern. Doch anstatt Maries Unterarm zu fassen zu bekommen, hatte er Marie direkt in den Schwung mit dem Schraubendreher gegriffen. Marie hatte mit einer solchen Kraft ausgeholt, dass die Spitze des Schraubendrehers Mateos entgegenschnellende Hand sauber und glatt durchbohrte.

Marie hatte es nicht mal gemerkt und hatte stattdessen am Schraubendreher gezerrt, versucht, ihn loszubekommen und schließlich herausgezogen.

Dann erst hatte sich die Blindheit aus Wut und Hass geklärt, Marie hatte begonnen zu verstehen, dass etwas nicht stimmte und als sie es gesehen hatte, die Wunde, das Blut, zerbrach die Welt unter ihren Füßen. Und sie mit ihr.

Und die Wut war weg. Nur ein Bruchteil einer Sekunde zu spät, um die Katastrophe zu verhindern. Wie immer.

Die beiden Typen hauten einfach ab. Der eine war immer noch halb in seinem irren Lachflash verheddert, da zog der andere ihn schon mit sich, redete auf ihn ein und zerrte ihn zurück in die Dunkelheit, weg von den drei Jugendlichen, von dem Unglück, das sie angerichtet hatten.

Feiglinge. Feige Schweine! Kathrin bemerkte es kaum und hatte keine Zeit und keine Kraft, sich darüber zu ärgern. Sie war an Marie vorbei zu Mateo gerannt, als der auf dem Asphalt zusammengesunken war, hatte ihren Schal vom Hals gezogen und ihn auf die blutende Wunde gepresst. Mateo verzog vor Schmerzen das Gesicht, aber seine Augen waren glasig und feucht und schienen ins Nichts zu starren.

»Konzentriere dich. Press den Schal drauf«, wisperte sie, während sie seine freie Hand zum provisorischen Druckverband führte.

»Mateo! Wir holen Hilfe! Drück nur und gucke nicht hin, sonst wird dir schlecht! Wir holen sofort Hilfe! Schau mich an! Ich rufe Hilfe!«

Kathrin zog das Handy aus der Tasche und während sie weiter auf Mateo einredete, schweifte ihr Blick an Mateos Kopf vorbei und erfasste wieder Marie hinter ihm.

Hilflos und nutzlos kniete Marie wie eine fallengelassene Marionette auf dem feuchten Asphalt, die langen, dürren Glieder standen in seltsamen Winkeln von ihrem Körper ab, als hätten sich ihre Marionettenfäden ineinander verheddert. Ihr Mund war leicht geöffnet und ihre Unterlippe wanderte auf und ab, nur zwei Millimeter, drei vielleicht, kaum bemerkbar. Wie von einem an Land liegenden Fisch starrten ihre leeren Augen erst auf Mateos Hand, dann den Schraubendreher an. Nach einer Sekunde trafen sich die Blicke der beiden Mädchen.

»Kathrin?«, flüsterte Marie und Kathrin wurde so zornig, als sie ihren Namen hörte, dass sie fast ihr Handy fallen gelassen hätte. Marie klang so weinerlich. So verzweifelt. Als wäre es nicht ihre Schuld gewesen! Als wäre es schlimm vor allem für sie. Als würde **sie** Trost brauchen!

Eine Sekunde nur. Eine kleine Sekunde musste Kathrin den Drang unterdrücken, einmal so zu sein wie ihre beste Freundin, kopflos und wütend, einfach aufzustehen, zu Marie hinüberzugehen, Mateo einfach alleine sitzen zu lassen und Marie so lange ins Gesicht zu ...

Kathrin atmete kurz und kraftvoll durch und wählte die 112. Sekunden vergingen. Sekunden, in denen Kathrin ihre beste Freundin wirklich hasste.

Teil III:
Narben

Wundversorgung

Quälendes Warten. Ekelhafte Minuten der Stille. Mateo hatte sich zur Bank geschleppt, daneben in den Kies gesetzt, sich an den Sockel der Bank gelehnt und presste die fest umwickelte Hand gegen seine Brust. Sie hörte nicht auf zu bluten. Mateo war so blass wie der Mond über den drei Jugendlichen und sein Gesicht war zu einer Maske aus Schmerz und Angst gefroren. Mateo zitterte. Vor Angst? Kälte? Schmerz?

Marie saß auf dem Randstein und starrte auf den Boden, als würde sie die Blutstropfen zählen, die sich langsam auflösten.

Kathrin hatte das Handy in der Hand, sprach mit dem Menschen am anderen Ende, der nicht wollte, dass sie auflegte. Kathrin ging vom einen zu der anderen, fragte Mateo, wie es ihm ging, was er fühlte und wenn er nickte, setzte sie sich für eine, zwei, drei Sekunden auf die Bank, bevor sie es doch nicht mehr aushielt und wieder aufsprang. Kathrin ertrug die Ruhe nicht, die Unsicherheit, die Angst, die Machtlosigkeit. Stattdessen sah sie nach dem armen, verletzten Mateo - und nach ihrer nutzlosen besten Freundin. Dabei wiederholte sie am Telefon immer wieder die gleiche Geschichte, erzählte sie dem Menschen in der Notrufzentrale, als würde sie versuchen, nicht nur ihn, sondern auch sich selbst zu überzeugen. Damit Mateo und Marie die Geschichte oft genug hörten, dass sie sie genauso würden wiederholen können, wenn der Notarzt und die Polizei da waren. Damit sie alle drei die gleiche Lügengeschichte erzählen konnten, die sich Kathrin ausgemalt hatte, um Marie zu retten.

Wir waren von der Fastnachtsfeier gekommen. Ja, wir haben ein bisschen gefeiert. Nein, natürlich haben wir nix getrunken! Das können sie testen, wenn sie mir nicht glauben! Ja, komplett nüchtern. Ja, wir sind halt rumgelaufen. Und da ist Marie aufgefallen, dass sie diesen Schraubenzieher dabei gehabt hat. Ja, hatte ihn in der Tasche, hat ihn wohl aus Versehen mitgenommen. Und sie hat ihn rausgeholt und Mateo hat ihn sich dann geschnappt und ist losgerannt. Und Marie hinterher und sie haben sich gejagt und plötzlich ist Mateo gestolpert, als er den Schraubenzieher hatte, ist gestolpert und irgendwie darauf gefallen, als er sich abgerollt hat. Ja, mit dem Schraubenzieher durch die Hand! Ja, ganz alleine! Niemand sonst war da, wir drei. Das ging so schnell!

Als es schließlich hinter den nächsten Hausdächern blau zu blitzen begann und Sirenen von Hauswand zu Hauswand hallten, hatte Kathrin die Geschichte schon so oft wiederholt, dass sie sie tatsächlich schon selbst fast zu glauben anfing.

Ein Krankenwagen, dicht dahinter der Notarzt und noch ein Fahrzeug, das die Straße hinuntergeprescht kam? Polizei.

»Die sind jetzt da, Sie können auflegen«, murmelte Kathrin in ihr Handy hinein, als sie drei im Scheinwerferlicht der Rettungsfahrzeuge gebadet wurden und ihre zitternden Schatten meterlang hinter ihnen über den Bach geworfen wurden.

Kathrin wartete gar nicht darauf, dass der Notrufzentralenmensch antwortete, bevor sie selbst auf den roten Telefonhörer tippte.

Es hatte etwas Unwirkliches, Hypnotisches, zuzusehen, wie die zwei Sanitäter aus dem Wagen sprangen, einer zu Marie hinübereilte, die ihn gar nicht brauchte und die andere mit dem Notarzt zusammen auf Mateo zu rannten.

Einfach an Kathrin vorbei, die nicht wusste, was sie fühlen sollte. Beruhigt, weil sie sofort begriffen hatten, wer als erstes Hilfe brauchte. Oder doch ein bisschen beleidigt, weil sie nicht einmal langsamer geworden waren, Kathrin nicht einmal richtig angesehen hatte, als sie an ihr vorbeigelaufen waren.

Aber gut. Sie war ja auch die Einzige von ihnen, die kein Blut an ihrer Kleidung und an ihren Händen kleben hatte.

Erst die beiden Polizisten widmeten Kathrin ihre Aufmerksamkeit, als sie ihre Taschenlampen schwenkend auf sie zu kamen.

Also die gleiche Geschichte - die gleiche Lüge - noch mal.

Die beiden Männer nickten und behielten ihre steinernen Mienen, blickten über Kathrins Kopf hinweg und beobachteten, wie Mateo versorgt wurde, während sie Kathrin zuhörten. Druckverband, Arm hochhalten, schließlich wurde Mateo auf die Bare geschnallt. Sie würden ihn ins Krankenhaus fahren.

»Wir nehmen euch mit und setzen euch eine nach der anderen zu Hause ab, dich und deine Freundin. Wir werden noch einmal mit euren Eltern reden darüber, was passiert ist und wie es weitergehen wird.«

»Großeltern«, platzte es aus Kathrin heraus, viel zu unvermittelt und viel zu laut. Aber sie war so hypnotisiert gewesen von dem Geschehen, dass sie nur halb zugehört hatte.

»Wie?«

»Marie lebt bei ihrer Großmutter und ihrem Mann.«

»Ach so - ja - wie auch immer. Wir nehmen euch jetzt mit.«

Der Polizist blickte über Kathrin hinweg; sie folgte seinem Blick und fand am anderen Ende Marie, die zitterte und mit glasigen, nichtssagenden Augen zurückblickte. Einer der Rettungssanitäter war kurz bei ihr gewesen, hatte ihre blutigen Hände auf Verletzungen überprüft ... und sie dann letztendlich links liegen lassen, als sich herausgestellt hatte, dass sie nicht verletzt war.

Marie hatte nichts gesagt, hatte nicht gezuckt. Trotzdem.

Sie waren herzlos gewesen, fand Kathrin. Und diese zwei Männer waren es genauso.

»Kannst du sie einfach irgendwie ... mitnehmen? Mit ihr reden? Steigt einfach ein!« Der Polizist seufzte, blickte Kathrin an und wedelte mit einer Hand unmotiviert zwischen Kathrin und Marie hin und her.

Sie setzten zuerst Kathrin ab. Ohne Blaulicht oder irgendwas, sie parkten sogar ganz ordentlich, bevor der Polizist, der das Auto gefahren hatte, mit Kathrin ausstieg. Marie sah Bewegungen hinter den dünnen Vorhängen des Küchenfensters, das zur Straße hinaus ging. Kathrin hatte ihre Leute am Handy vorgewarnt, *wie* sie kommen würde, und wurde offenbar schon erwartet.

Kathrin von den Bullen heimgebracht, dachte Marie und fand den Gedanken so witzig, dass sie beinahe zu kichern begonnen hätte und sich alle Mühe geben musste, es zurückzuhalten, und stattdessen nur grunzte und auf dem Rücksitz des Streifenwagens herumzappelte. *Kathrin kommt mit der Polizei heim. Das wäre mal was. Eine geile*

Abwechslung. Wenn es nicht meine Schuld wäre. Wie immer, eben.

Marie hatte sich die Warnmeldung nach Hause gespart. Sie wollte Oma und Opa nicht die Überraschung verderben. In dem Trubel würde sie es vielleicht schaffen, die Treppe hinauf und durch den Flur zu huschen und sich in ihrem Zimmer einzusperren, bevor sie jemand zu fassen bekommen würde. Marie durfte sich das Überraschungsmoment nicht durch die Lappen gehen lassen. Oma würde nur ein bisschen an die Tür hämmern und Marie würde dabei wie immer am besten einschlafen können.

Sie war schon müde. Marie gähnte und blickte durch die Windschutzscheibe nach draußen in das orange und weiße Glänzen in der Nacht der perlenden Tropfen des Nieselregens. Im Inneren des Polizeiwagens blinkten und leuchteten kleine LEDs, etwas brummte, etwas anderes piepste und immer wieder rauschte das Funkgerät, aber Marie verstand kein Wort. Sie starrte einfach nur vor sich hin, wartete und versuchte, sich darauf zu konzentrieren, endlich mit dem Zittern aufzuhören. Nicht einmal das Festkrallen in ihren rechten Arm, das Pulen an den halb verheilten Wunden half mehr. So sehr sie sich auch einreden wollte, dass sie ruhig und cool war, in Wahrheit hatte sie eine Scheißangst.

Wenn sie doch nur alleine wäre! Nicht in diesem verdammten Auto. Etwas herausholen könnte, um die Wunden wieder aufzufrischen. Dem Druck ein Ventil bieten. Sie hatte die Rasierklingen ja sogar dabei. Sie hatte sie immer dabei! In dem kleinen Innentäschchen in ihrem Drecksrucksack!

*Wenn ich dich noch einmal nur in der Nähe von einem Polizisten, einem Polizeiauto, einer Polizeistation oder **irgendjemandem** in Uniform sehe ...!,* hatte ihre Oma vor nicht einmal einem Jahr gesagt. Und die Drohung war echt gewesen.

Eine Minute verging, zwei, fünf Minuten, die sich wie zweihundert anfühlten, bis der andere Bulle, der Kathrin heimgebracht hatte, wieder zum Auto zurückkehrte und die ekelhafte, nervöse Stille unterbrach.

»Ich habe gerade die Meldung durchbekommen, als ich deine Freundin abgeliefert habe: Euer Freund, Mateo - der scheint aus dem Gröbsten raus zu sein, aber mit der Verletzung ist nicht zu spaßen! Es hätte echt mies enden können, aber anscheinend wurde kein Nerv verletzt und die Sehne wenn überhaupt nur touchiert. Die Blutung haben sie auch unter Kontrolle gebracht. Es wird wahrscheinlich keine bleibenden Schäden geben ... Hey, hörst du überhaupt zu, Mädchen!«

»Ja-Ha!«

Marie hatte versucht, sich nichts anmerken zu lassen und einfach weiter vor sich hin durch die Windschutzscheibe gestarrt. Aber in ihr, ganz tief verbuddelt, hatte ihr Herz plötzlich schneller geschlagen, hatte einen Satz gemacht und etwas Ungewöhnliches hatte sich in ihrer Brust und ihrem Bauch ausgebreitet: Die Wärme von Erleichterung, von Freude, von --- anderen Gefühlen, die sie nicht kennen wollte.

»Ja. Das freut mich. Haben sie seine Pflegeeltern erreicht?«

»Natürlich«

Wärme. Es war nur ein bisschen, aber genug, um sich daran festzuklammern, anstatt an ihrem rechten Arm, während sie wieder losfuhren. Die bunten, nassen Lichter der Straßenlaternen, der Scheinwerfer und der Fenster schmolzen zusammen zu einem feuchten Kaleidoskop aus Licht und Regenperlen. Die Stadt dahinter war stockfinstere, glänzende Schwärze.

Der Polizist auf dem Beifahrersitz drehte sich um.

»Marie Gartner ... Der Name kommt mir bekannt vor«, überlegte er laut und musterte das Mädchen auf der Rückbank. Sie spürte seine Augen auf ihrer Kleidung, auf der Haut und das ganze bisschen angesammelte Wärme entwich sofort wieder aus ihr. Es war nie gut, wenn man ihren Namen erkannte. Wenn man sie so ansah, weil man versuchte, ihr Gesicht in den eigenen Erinnerungen hervorkramen. »Aber nur woher ... Bist du bei dir auf der Schule bei den Streitschlichtern oder so was? Wir laden uns die jedes Jahr einmal auf die Dienststelle ein ...«, überlegte er weiter. Streitschlichterin, sie? So ein schräger Gedanke!

»Ich wollte das mal machen, so in der Sechsten. Hat aber nicht wirklich geklappt. Bin dann mehr Streitstifterin als Streitschlichterin geworden«,

136

gestand Marie und kicherte selbst ein bisschen mit den beiden Polizisten über ihren dummen Wortwitz.

Danach wieder Stille. Nur das leise Brummen der Fahrt und das Rauschen des Gebläses, das das Auto aufwärmte. Aber in Marie war es kalt geblieben. Sie wusste ganz genau, was der Polizist dachte. Er grübelte. Er dachte über sie nach.

*Es wird ihm einfallen - die Bullen müssen über so was Bescheid wissen. Er hat bestimmt davon gehört. Über so was gibt es bestimmt Memos auf der Polizeiwache - oder einfach Gerüchte, wie überall sonst. Oder ... haben die das Video sogar gesehen? Haben die das mal von jemandem konfisziert und auf ihren Rechnern auf der Wache? Oder haben die es sich sogar geteilt? Die Frauen bestimmt nicht oder doch? Besonders die? Aber die Männer ... Scheiße. Scheißescheißescheißescheißescheiße! Ich komme nicht weg von **den beiden Typen**! Ich komme nicht raus. Was ist, wenn es ihm einfällt, wenn er mich so ansieht? Wenn er darüber reden will mit mir?* DARÜBER???

Marie würde weinen! Sie durfte nicht weinen. Sie *konnte* nicht weinen - jedenfalls sagte sie sich das jeden Tag! Und noch weniger durfte sie sich der Wut hingeben, die sich in ihr ausbreitete, sich in jeden Millimeter ihres Körpers grub und wucherte. Sie brannte in Maries rechtem Arm, glühte aus den Narben, verlangte nach **mehr**!

Ohne es selbst zu steuern, fast ohne es selbst zu merken, versenkte Marie ihre Fingernägel tiefer als irgendwann früher an diesem Abend in ihren Arm, kratzten, krallten gegen die Angst an, würden beinahe die Wunden wieder rot anfeuchten, als ...

»Ich weiß es!«, platzte es aus dem Polizisten heraus und er kicherte ein wenig.

Verdammt!

»Wir haben dich doch mal wegen Ladendiebstahls hops genommen!?«

Wie?

Maries Magen krampfte sich so zusammen, dass sie sich unwillkürlich auf der Rückbank zusammenkrümmte und ihr so schwindelig wurde, dass sie sich fast in das Genick des Polizisten übergeben hätte. *Dass man vor Erleichterung kotzen muss!*, flimmerte ein atemloser Gedanke durch ihren Kopf.

»Stimmt doch, oder?!«, fragte der Polizist auf dem Beifahrersitz. »Hey, guck nicht so. Muss dir jetzt nicht so peinlich sein. Wie war das noch mal ... In der Drogerie! Du wurdest mit ... lass mich überlegen ... mit einem Füller und Tintenpatronen erwischt? Deswegen habe ich mir das merken können. Normalerweise, wenn eine Vierzehnjährige beim Klauen erwischt wird, ist es ja Parfum oder so was. Süßes. Keine Schulsachen. Egal. Ist ja bestimmt schon zu Akten gelegt worden. Ich wollte dich nicht erschrecken!«

Erschrecken? Marie war komplett in sich zusammengesackt, ihre ganze Anspannung war weg und kraftlos legte sie ihre heiße Stirn an das kühle Glas der Fensterscheibe.

Als sie mich das eine Mal beim Klauen erwischt haben - das ist gar nichts! Eine Verkäuferin hatte sie beobachtet und war ihr bis zum Ausgang gefolgt und hatte sie dort festgehalten. Sie hatten Marie in irgendein muffiges, vollgestopftes Büro gebracht, wo Marie dann alleine gesessen und auf die Polizei gewartet hatte. Die hatten sie dann auf die Wache gebracht, wo Opa sie hatte abholen müssen.

Die Nacht zog an Maries Augenwinkeln vorbei und lullte sie langsam ein. Wenn es weiter nichts war, würde sie sich fast entspannen können ...

»Wir sind da!«, hörte Marie von vorne links. Blinkergeräusche, ein Ruckeln, als der Streifenwagen mit zwei Rädern über den Bordstein fuhr und zum Stehen kam.

»Wir liefern dich bei deinen Eltern ab!«

»Großeltern!«, murmelte Marie, halblaut aber mit Nachdruck.

»Natürlich! Also, komm, steig aus.«

Aussteigen.

Zur Tür oben. Die Polizisten links und rechts von ihr.

Klingeln.

Warten.

Klingeln.

Gegensprechanlage.

Während der Polizist, der gefahren war, sie drei ankündigte, wandte sich der andere zu Marie um.

»Die Sache mit dem Schraubenzieher ... So ganz kann ich mir das immer noch nicht vorstellen. Wenn man mit dem Ding in der Hand stürzt, dann fängt man sich doch mit den Händen ab. Man fällt vielleicht auf den Schraubenzieher und das kann auch echt blöde Verletzungen geben. Aber das man so blöd fällt, dass der Schraubenzieher durch die andere Hand geht - würdest du das glauben?«

Marie zuckte nur mit den Schultern. »Es war so. Es war dunkel und alles ging so schnell.«

»Und du bist dir ganz sicher, dass da keiner nachgeholfen hat?«

Nicken.

Kein Wort.

Der Polizist seufzte. »Also gut. Wir werden die Tage mal sehen, was der Junge erzählen wird. Vielleicht passt das ja dann doch alles zusammen.«

Die Wohnungstür war schon offen, als Marie mit ihren beiden Begleitern am oberen Ende der Treppe ankam. Ihr Großvater stand dort. Er reichte den beiden Polizisten mit seiner kühlen, distanzierten Höflichkeit die Hand und ließ sich, ohne große Umschweife zuzulassen, die Kurzversion der Ereignisse erläutern. Die Version, die Kathrin ihnen aufgetischt hatte.

Großvater hörte sich die Geschichte an, nickte, stellte keine Fragen und als die beiden fertig waren, drehte er sich ein klein wenig, sodass ein schmaler Durchgang zwischen seiner Schulter und dem

Türrahmen entstand, durch den Marie hindurch in die Wohnung huschen konnte.

Wenn sie sich jetzt ganz schnell die Schuhe auszuziehen schaffte, schnell die Treppe hoch, dann würde sie vielleicht ...

»Marie?!«

Hinter ihr fiel die Tür ins Schloss, da hatte sie noch einen Schuh am Fuß. Einen ihrer Schuhe, die einem fremden Mädchen gehörten.

»Nimm dir die Zeit und räume deine Schuhe **ordentlich** auf!«

Marie verharrte, die Verse des immer noch zugeschnürten Schuhs in der Hand und blickte auf.

Großvater stand noch am selben Fleck, die Hände den Taschen und betrachtete seine Enkelin mit einem Gesichtsausdruck, den Marie nicht richtig verstand. Sorge? Irgendwie keine Enttäuschung - überraschenderweise? Bestimmtheit auf jeden Fall.

»Wo ist eigentlich Oma?«

»Ist ins Bett gegangen, als uns die Eltern von Kathrin angerufen haben. Sie war diejenige, die ans Telefon gegangen ist, und hat sich alles angehört. Danach war es ihr lieber, wenn ihr euch erst wieder morgen seht.

»Verstehe«, murmelte Marie, zog ihre Hausschuhe aus dem Regal und wandte sich bereits der Treppe zu.

»Einen Moment noch!«, dröhnte es hinter ihr. Es war die dunkle, tiefe Stimme, die in ihrem Leben für Ordnung sorgte, seit sie ein wirklich kleines

Mädchen gewesen war. Und genauso fühlte sich Marie jetzt wieder. Sie konnte gar nicht anders, als stehen zu bleiben.

»Bist du verletzt? Tut dir etwas weh?«

»Nein!«

»Bist du sicher, Marie?«

Ihr Großvater sprach langsam, laut und fest. Die ruhige, aber kraftvolle Art, die keine Widerworte zuließ.

Marie zuckte mit den Schultern, drehte sich wieder der Treppe zu und machte einen Schritt. Es kostete sie Überwindung, aber fast nur ein wenig.

»Marie!« Das eine Wort, nur ihr Name, so laut, so plötzlich, eine Stimme, die ihren Widerstand brach.

»Stimmt es, was die Polizisten gesagt haben? Ist es ganz sicher genau so passiert, wie sie es gesagt haben?«

»Ja«, nickte Marie. »Es war ein Unfall. Und jetzt ist Mateo schwer verletzt. Aber mir gehts gut.«

Marie wartete eine Sekunde, zwei, drei, während denen ihr Großvater nichts sagte, sondern sie nur musterte. Schließlich drehte sie sich um und ging weiter die Treppe hinauf. Jeder Schritt unter seiner Beobachtung verlangte Konzentration, jede Stufe lud ihr mehr Gewicht auf die Schultern.

»Wasche dich! Du bist noch voller Blut!« Aber Opa klang müde und der Moment, dass sie sich wieder klein und schwach und von seiner Autorität eingeschüchtert fühlte, war vorbei.

Marie war wieder fünfzehn Jahre alt und hatte die Schnauze voll von diesem Tag und keine Kraft mehr, sich aufzuregen.

Pflaster drauf

In Dr. Lichels Praxis roch es immer nach Blumen und Früchten, obwohl es in der ganzen Praxis nicht eine lebende Pflanze gab. Ganz zu schweigen von einer, die geblüht hätte.

Im Vorzimmer lag Spielzeug, es gab einen Schreibtisch, Regale, Bücher ... Im Behandlungsraum noch mehr Bücher, alte Polstersessel ... Nichts, was riechen konnte, schon gar nicht nach Blumen ...

»Marie? Marie, hörst du mir noch zu?«

Marie hatte jeden Winkel mit ihren Augen erforscht, hatte sich in den Reihen der Bücher auf der Suche nach dem Duft im Halbdunkel des Februarnachmittags fast verloren.

»Marie?!«

Dr. Lichels kratzige, dunkle Stimme rüttelte Marie ganz leise und sacht wieder aus ihrer Traumreise.

»Ich habe an diesen Geruch gedacht«, murmelte Marie noch halb in ihren Gedanken verloren.

»Geruch?«, fragte Dr. Lichel.

»Ja, dieser Blumenduft. Sie haben immer so einen Duft hier. Ich rieche es jedes Mal, wenn ich da bin, aber erst heute ist er mir so richtig aufgefallen. War der immer schon da? Wo kommt der her?«

»Duftöl. Nichts mehr - Hyazinthe und Orange ist es heute, wenn du es wirklich wissen willst. Aber ich glaube eher, du möchtest nur von meiner Frage ablenken, Marie.«

»Frage?«

»Also hast du mir wirklich nicht zugehört. Ich wollte wissen, ob du mir etwas anderes erzählen willst als das, was mir dein Opa schon am Telefon gesagt hat, als er gestern angerufen hat, um unsere kleine ... Krisensitzung heute zu organisieren.«

Marie nickte, sagte aber nichts.

Opa hatte Marie nicht gefragt, ob sie überhaupt einverstanden war damit, mit Dr. Lichel über »den Vorfall« zu sprechen. Er hatte einfach angerufen und den Notfalltermin vereinbart. Und er hatte sie diesen Vormittag extra ins Auto gepackt und hierher gefahren.

»Ich muss sowieso wo hinfahren«, hatte er gesagt. Aber sie beide hatten gewusst, dass es eine Vorsichtsmaßnahme war. Er musste nirgendwo hin. Er wollte nur sichergehen, dass sie nicht unterwegs zur Praxis Reißaus nahm. Es wäre nicht das erste Mal gewesen, dass sie auf dem Weg zu Dr. Lichel abhaute. Genauso wenig, wie es das erste Mal gewesen wäre, dass sie einen »Notfalltermin« brauchte.

»Möchtest du etwas mehr sagen?«

Marie presste die Lippen so fest zusammen, dass sie wehtaten. Sie sah bestimmt komplett verkrampft und belämmert aus. Egal, sie würde einfach nichts sagen. Das nahm sich Marie jedes Mal vor, wenn sie hier im dunkelgrünen Sessel saß.

»Dein Opa hat mir von eurem Unfall erzählt.«

Marie konzentrierte sich auf ihre schmerzenden Lippen, den Blumenduft und das Bücherregal. Sie würde es vielleicht nicht ganz aussitzen können, aber sie konnte es zumindest so lange hinauszögern, dass so wenig Zeit wie möglich zum Reden blieb.

»Dein Freund wurde verletzt? Er heißt Mateo, nicht? Schwer verletzt sogar, aber es scheint ihm so weit gut zu gehen. Er ist stabil?«

Konzentrieren! Auch wenn die Lippen zu wenig wehtaten. Auch wenn der Duft zu schwer, zu blumig, zu übelkeitserregend wurde.

»Möchtest du mir sagen, wie es dir damit geht, Marie? Du warst ja wohl direkt in diesen Unfall verwickelt?

Fast! Fast hätten ihre Lippen gezuckt. Fast wäre Marie schwach geworden und hätte etwas gesagt. *In den Unfall verwickelt?* Dr. Lichel machte es immer so, wenn Marie nicht von sich aus erzählen wollte. Sie deutete an, sie schlich wie eine sehr dicke, aber geduldige Katze um die Mausefalle und stach immer wieder hinein, neugierig darauf, wann die Falle endlich zuschnappte.

Als der Druck der Lippen aufeinander nicht mehr weh genug tat, um sich darauf zu konzentrieren, fand die Innenseite ihrer Unterlippe wie zufällig den Weg zwischen ihre Schneidezähne. Das Gewebe dort war dünn und weich und Maries Schneidezähne tasteten sich nur sachte vor, nahmen die dünne Haut in die

Zange. Erst spürte Marie gar nichts. Dann fühlte sie die Berührung der Zähne auf der Haut.

Sie erhöhte den Druck.

Ein leichtes Ziehen.

Ein kleines bisschen Schmerz.

Eine Idee mehr Druck.

Und ...

Überraschend plötzlich durchfuhr ein ganz feiner, fast zarter, weicher, schneidender Schmerz Maries Mund und ihre Lippen, ihre Wangen. Er war so stark, dass ihr ganzer Körper verkrampfte, ihr ganzes Gesicht unkontrolliert zuckte, ihre Finger sich in das Polster des Sessels krallten. Nur mit Mühe konnte sie ein schockiertes, schmerzerfülltes *Quieken* unterdrücken.

»Dir tut die Erinnerung an den ... Vorfall weh?«, fragte Dr. Lichel, blickte Marie weiter unvermittelt in die Augen, lächelte. Diese verdammte Frau schaffte es immer wieder, so verdammt *einladend* zu gucken. Aber Marie presste weiter die Zähne zusammen. Sie würde nichts sagen, sie wollte nichts sagen!

»Hattest du schon Gelegenheit, mit Mateo zu sprechen oder ihn zu besuchen?«

»Ich will nicht, ist besser so!« - *Scheiße!* Und schon war ihr etwas herausgerutscht.

»Wieso? Willst du nicht sehen, wie es ihm geht?«

»...«

Schweigen

Aber dann, ganz leise und ohne von dem schmutzig grauen Teppichboden aufzublicken:

»Kathrin schreibt mir, wenn es etwas zu wissen gibt!«

»Hast du Angst, ihn zu sehen?«

Natürlich habe ich eine verfickte Angst! Erst erzähle ich ihm von den scheiß Fotos, dann spieße ich ihn auf! Statt ihre Gedanken auszusprechen, sagte Marie: »Das ist es nicht. Ich bin mir nur sicher, dass er jetzt bestimmt nur seine Ruhe von allem und jedem haben will. Er muss sich jetzt erholen, damit die Verletzung verheilt.«

Sie hatte langsam und stockend gesprochen und in jeder Sprechpause so unauffällig wie möglich an der Innenseite ihrer Unterlippe gekaut, damit sie unscheinbare, aber helfende Schmerzsignale bekam. Es half, ruhig zu atmen. Und es half, sich von dem langsam aufsteigenden, salzigen Brennen in ihren Augen abzulenken, das immer weiter nach vorne drängte, sich auf ihren Augen ausbreitete, stach, wehtat. Tränen, die unbedingt unterdrückt werden mussten. Weil Tränen Wahrheit waren. Zumindest bei Marie. Deswegen hatte sie hier, bei Dr. Lichel, auch noch kein einziges Mal geweint! Eine Träne zu viel - eine genügte, und Marie konnte die ganze Wahrheit entkommen.

Dr. Lichel fragte: »Fühlst du dich schuldig für etwas?« und das eine Wort **SCHULD** hallte in Maries gespanntem, stillen Inneren so lange nach, wurde lauter und leiser und immer lauter, bis Marie sie nicht mehr zurückhalten konnte: Die eine, kleine Träne rollte aus Maries rechtem Augenwinkel, kullerte über ihre dünne, spitze Wange, sammelte sich an ihrer Spitze. Und fiel. Es war die Wahrheit.

»Ich bin schuld daran«, flüsterte Marie und sah, wie um sie herum das fahle Tageslicht von draußen immer kälter und kraftloser wurde.

»Aber er ist doch noch viel mehr schuld daran, verdammt!«, brüllte Marie los, so laut, dass sogar die kampferprobte und mariegewohnte Dr. Lichel zusammenzuckte. Marie brüllte so laut, dass ihre eigenen Ohren zu klingeln begannen. Aber beides feuerte Maries Wut nur noch mehr an.

»Mateo ist doch schuld. Es hat doch niemand verlangt, dass er mir in den Arm greift. Er hat doch gesehen, was ich mit dem Schraubenzieher machen wollte! Er hat doch gesehen, dass ich dieses scheiß Arschloch fertigmachen wollte. So ein Wichser, der sich über uns lustig gemacht hat. Über ihn! Über mich. Ich hätte ihm mit dem Schraubenzieher gezeigt was passiert, wenn er auf uns losgeht, und Mateo wollte mich doch aufhalten. Und er hat mich gezwungen, auch schuld zu sein. Er ist doch schuld, dass ich ihn verletzt habe! Der! Verdammte! Idiot! Ist! Selber! Schuld!«

Marie schrie die letzten Worte eines nach dem anderen, zog nach jedem rasselnd, atemlos, schmerzhaft wieder Luft ein und schrie das nächste noch lauter.

Irgendwann, als die Starre in ihrem Kiefer langsam abklang, als ihre Hände sich wieder aus den Armlehnen des Sessels lösten, als ihr Nacken sich langsam wieder entkrampfte, begann Marie zu reden.

Ihre Stimme war so fest und kraftvoll, wie sie es gerade zusammenbrachte, während die Tränen über ihr Gesicht hinunterrollten, sie auf ihre Knie starrte, auf ihre Oberschenkel, ihre Fußspitzen, *ihre* Schuhe.

Marie schilderte den ganzen Abend der Faschingsfeier schnell in wenigen Worten und kurzen Sätzen. Dr. Lichel sollte wissen, was passiert war. Das wichtigste. Die Details gingen sie aber nichts an. Immer noch nicht. Nur: wer, wo, wann, wie, welche Folgen. Wie sie es für das Aufsatzschreiben in der fünften Klasse gelernt hatten. War das wirklich schon drei Jahre her? **Nicht abschweifen!**

Nach nicht einmal fünf Minuten war Marie mit ihrem Bericht fertig und hatte alles erzählt: Die Faschingsfeier, der Heimweg, der Typ in der Dunkelheit, Beleidigungen, ein Schraubendreher, eine durchbohrte Hand, Heimfahrt mit der Polizei.

»Was machen Sie jetzt damit?«, fragte Marie. »Müssen Sie das jemandem erzählen? Meinem Opa auf die Nase binden oder dringend irgendjemanden anrufen deswegen?«

Dr. Lichel zögerte. Vielleicht, weil sie nicht ehrlich sein wollte. Vielleicht, gerade weil sie es sein wollte.

»War es in deinen Augen ein Unfall?«, fragte sie in ihrer ruhigen, unaufgeregten Art. Sie hatte während Maries ganzer Erzählung nicht eine einzige Gefühlsregung gezeigt und nur mit festem Blick und bewegungslosen Lippen zugehört.

»Ein Unfall ...«, dachte Marie laut nach und zögerte. »Was ihm passiert ist ... schon. Ich wollte ja was ganz anderes machen, nicht mit Mateo!«

»Weil du so wütend warst?«

Marie nickte.

»Besteht Wiederholungsgefahr? Oder willst du nachholen, was du beim letzten Mal verpasst hast?«

Marie schüttelte den Kopf. Nein. Es war immer nur die Wut, die so etwas tat. Die Wut, die ihr die Lichter ausblies.

Dr. Lichel dachte nach. »Weißt du, was der Unterschied zwischen Wut und Zorn ist, Marie?«, fragte sie schließlich und wartete die Antwort nicht ab. »Wut ist ein riesiges Gefühl, das aus dem Bauch kommt. Wut nimmt dir das Denken weg, bis du vergessen hast, wie Denken geht. Wut kennt keine Grenzen und kein Ziel und kann sich gegen alle richten, wenn sie erstmal losgelassen wurde. Und Wut ist auf Zerstörung aus. Aber sie zerstört nicht nur das, was einen richtig wütend gemacht hat. Weil Wut keine Kontrolle und keine Grenzen hat, kann sie alles kaputtmachen, was sich ihr in den Weg stellt. Oder was nur unbeteiligt daneben steht. Oder sogar, wer dir eigentlich helfen will. Weil Wut alles auf einmal in die Luft jagt, wie eine Brandbombe, die man immer in sich trägt. Alles kann als Zündfunke für sie dienen. Eine Beleidigung, ein schiefes Angucken. Der eigene versteckte Schmerz, den man nicht zeigen will. Ein Funke - und du hast einen

Waldbrand in Sekundenschnelle. Kannst du mir so weit folgen?«

Marie zuckte mit den Schultern und brummte. Bis jetzt hatte Dr. Lichel einfach sie selbst beschrieben. So weit nichts Neues.

Dr. Lichel fuhr fort: »Zorn ist das Gefühl, das uns erfüllt, wenn wir etwas Falsches erleben. Etwas, das ungerecht oder unmoralisch oder unfair ist. Und wir möchten dann etwas dagegen unternehmen und dagegen angehen. Wir können dabei laut werden. Wir können dabei auch ... **aktiv** werden. Aber ...«

Dr. Lichel redete plötzlich nicht mehr weiter und ließ das Wort in der Luft hängen. Es blieb so lange zwischen ihnen beiden hängen, ohne dass der Satz ein Ende bekam, dass es Marie zu provozieren begann. Es zerrte an ihren Nerven, nagte an ihrer Geduld.

»Aber **WAS**?«, platzte es aus Marie heraus, von alleine, wie ein plötzlicher Anfall der Ungeduld, der Aggression.

Dr. Lichel schien ganz sachte zu lächeln, als hätte sie gerade das sehr zufriedenstellende Ende eines wissenschaftlichen Experimentes gesehen.

»Aber Zorn kommt nicht aus dem Bauch heraus. Zorn ist Kopfsache. Es ist deine Vernunft, die dir sagt, dass etwas anders sein muss. Dass du die Gerechtigkeit mit Kraft herstellen kannst. Du verlierst nie die Kontrolle über das Gefühl, sondern sie ist dein Werkzeug. Manchmal kann uns der Zorn auch dazu verleiten, etwas gröber zu sein oder etwas Dummes zu tun. Aber dann waren wir mit unserem

Werkzeug zu unvorsichtig. Wut ist immer ungerecht. Zorn kann gerechter Zorn sein. Okay?«

»Okay«, brummte Marie.

»Worin erkennst du eher wieder, Marie?«

Marie blickte an Dr. Lichel vorbei durch das Fenster hinter ihr. Es hatte wieder zu regnen angefangen. Ein Nebel aus dünnen Tröpfchen hatte sich auf die Fensterscheibe gelegt. Die hindurchdringenden Farben wurden gebrochen und verschwammen ineinander. Das Grau des Himmels, das Grün der Bäume, die Häuser auf der anderen Seite mit ihren orangenen Dächern, den weißen Fassaden, den dunklen Fenstern. Sie hatte keine Konturen mehr, waren keine Formen, sondern nur noch Flecken hinter dem Glas. Draußen war es kälter geworden. Drinnen war es warm, die Heizung lief und machte den allgegenwärtigen, blumigen Duft noch schwerer, träumerischer. Im Behandlungszimmer war es immer dunkle geworden. Niemand hatte das Licht eingeschaltet und die Schatten um Marie herum waren länger und breiter gewachsen, hatten Form und Dichte gewonnen - Schatten, die bereit waren, Marie zu umarmen.

Maries Bein tat weh, dort am rechten Oberschenkel, wo sie den Schraubendreher einstecken gehabt hatte. Er hatte sich an diesem Abend mit der Spitze durch den Stoff gebohrt, ihre Hosentasche dabei ruiniert und ihr richtig die Haut aufgekratzt. Richtig mit Schorf und allem. Eine winzige Version von dem, was sie später Mateo angetan hatte.

Wieso hatte sie das verdammte Ding überhaupt dabei gehabt? Sie hatte es vergessen, hatte verpeilt, ihn Herrn Baldung zurückzugeben, und so einfach war alles Weitere geschehen.

Wieso? Wieso hatte sie es verpeilt?

Weil sie abgelenkt gewesen war. Von Lara und Bastian und ihrem riesigen, antiken Videorekorder.

Abgelenkt von dem Gerät.

Von Lara.

Von Bastian ...

»Habe ich Ihnen mal was über Bastian erzählt? Nein? Aus der Schule ein Typ. Aus meiner Klasse. Ich habe eigentlich nichts mit ihm zu tun, weil er eine absolute Pfeife ist. Einfach ein Jammerlappen, aber eigentlich nicht arschig oder so. Zu niemandem. Aber seine Freundin ist manchmal ganz gut drauf. Na ja Ex-Freundin. Jetzt beste Freundin? Das ist saukompliziert! Die beiden sind irgendwie *ein Herz und eine Seele.* Den Ausdruck habe ich von meinem Opa, gucken Sie nicht so. Also: Bastian und Lara sind die besten Freunde, aber er sabbert den ganzen Tag darüber, dass er mehr will. Ich glaube, das sieht jeder, außer sie. Also, die beiden waren tatsächlich auch mal zusammen. Im Sommer, letztes Schuljahr. Aber er hat es komplett versaut - er muss **so** scheiße zu Lara gewesen sein, dass sie für eine kurze Zeit richtig den Kontakt abgebrochen hat. Das war ein Riesendrama mit Gerüchten in der Schule und allem. Kann ich nachfühlen, wenn plötzlich alle anfangen,

Geschichten über einen zu erzählen ... Auf jeden Fall waren beide total depri und alleine und Bastian war ziemlich erbärmlich. Lara hat das Ganze mit Stolz getragen, aber Bastian ...« Mitten in Maries Redeschwall fiel ihr Dr. Lichel ins Wort: »Marie, ich weiß nicht genau, wohin du willst mit deinen Ausführungen. Bist du sicher, dass wir uns nicht vom eigentlichen Thema wegbewegen? Viel Zeit haben wir heute nicht mehr.«

Marie stoppte mitten im Satz, gluckste verdutzt und brauchte ein paar Sekunden, um aus ihrem Gedankenstrom wieder herauszufinden. *Ich wäre schon noch zum Punkt gekommen! Und wenn die Zicke mich nur ausreden lassen würde ...!*

Sofort spürte Marie ihr Herz härter, *wütender* schlagen, sofort schien sich eine Wolke dicht vor das Fenster gezogen und alles Licht ausgesperrt zu haben.

Aber Marie besann sich, schloss die Augen, atmete tief ein, lauschte dem Rauschen in ihrem Kopf. Und lächelte. Ein ganz leises, dünnes, freches Verziehen ihrer Mundwinkel. Dann atmete sie aus. Sie hatte die Oberhand. Frau Dr. Lichel war Therapeutin. Sie musste doch zuhören, egal, was Marie erzählte, oder nicht? Sie musste sich für jedes Wort interessieren. Das war immerhin ihr Job. Und ein bisschen neugierig, worauf Marie hinauswollte, musste sie doch auch sein, oder nicht?

Das Gespräch gehörte Marie, egal wie genervt die Lichel war!

»Es wird alles Sinn machen! Versprochen, Frau Lichel. Bastian und Lara hatten auf jeden Fall diesen riesengroßen Streit und Kathrin kam auf die Idee, dass wir uns darum kümmern sollten. Sie und ich. Dass wir uns einmischen und die beiden wieder irgendwie reparieren. Und das haben wir dann auch. Kathrin hat mit Lara geredet, hat sie getröstet, hat ihr gut zugeredet, sie haben zusammen Tee getrunken und das ganze sentimentale, verständnisvolle Getue. Kann sie gut. Und ich habe mir Bastian vorgeknöpft. Er war so ein Arsch. Angeblich - das hat mir Kathrin erzählt, nachdem sie bei Lara gewesen ist - er hat Schluss gemacht, weil sie nicht mit ihm ins Bett wollte! Können Sie sich das vorstellen? Ich war **so** sauer auf ihn. Ich war so bereit und hatte so eine Energie, Bastian zurechtzubiegen, egal, wie sehr er sich wehrt. Ich war - ich dachte war damals einfach nur sauer auf ihn. Aber Sie haben das gerade zornig genannt und vielleicht passt das manchmal ... ich habe ihn ja nicht vermöbelt oder so, aber er war trotzdem ganz mickrig danach. Und wir haben tatsächlich auch was erreicht mit Kathrins bescheuerten Aktion. Die beiden haben sich irgendwie wieder vertragen ... Um ehrlich zu sein, einmal habe ich Bastian eine gesemmelt, aber das hat wohl auch geholfen. Was ich Ihnen eigentlich damit sagen möchte, ist: Ich glaube schon, dass ich den Unterschied verstehe, den Sie meinen. Ich habe ihn wahrscheinlich selber schon gefühlt. Aber das war eine Ausnahme, das bin nicht ich. Ich ... Ich kann eigentlich nur sehr gut wütend werden. Alles andere ist jemand Fremdes.«

»Du hast mir mal erzählt, sauer zu sein, fühlt sich so an, als würden alle Lichter ausgehen. Du hast mir das erklärt, als du noch relativ neu bei mir warst. Alles um dich herum würde dunkel werden und nur du kannst dich durch die Dunkelheit bewegen um ... ich glaube, du hast damals *in die Fresse hauen* gesagt.«

»Da war ich ... elf oder so!«, protestierte Marie, zögerte und gab dann aber zu: »Aber eigentlich ist es immer noch so.«

Ich weiß nicht, wer diese Fledermaus ist, die auf alles und jeden losgehen kann und so lange dreinschlägt, bis sich der andere nicht mehr rührt, dachte Marie.

Sie sagte: »Ich bin einfach manchmal schneller sauer als andere. Genug andere haben das gleiche Problem!«

Ich weiß nicht, wer dieses Mädchen ist, die anderen manchmal auch helfen kann und die irgendwie wertvoll ist.

»Es ist ja nicht immer so.«

Ich weiß nicht, wer das Mädchen ist, mit dem Kathrin noch befreundet sein will, wenn sie sauer auf mich ist oder ich ihr Schwierigkeiten mache. Das muss ja jemand sein!

»Es ist auch nicht immer so, dass du mit dem Schraubendreher auf Menschen losgehst, wenn die Lichter ausgehen?«, hakte Dr. Lichel nach.

Und jetzt weiß ich nicht, was ich überhaupt noch für irgendwen sein kann, jetzt. Für irgendwen.

»Unfälle passieren!«

»Unfälle?«, fragte Dr. Lichel.

Marie zuckte mit den Schultern und blickte zur Tür hinter sich.

Dr. Lichel begriff den Wink und stand auf. Aber Marie blieb noch sitzen, zwei, drei Sekunden lang, starrte das Regal an, starrte durch die Buchrücken hindurch in die Leere dahinter und versuchte, den einen Gedanken endlich zu fassen zu kriegen, der ihr die ganze Zeit durch die Finger flutschte.

Ich bin das nicht. Ich weiß, ich bin nicht immer so. Auch wenn mich alle so sehen. Opa sieht mich, wie er mich sieht. Oma sieht mich, wie sie mich sieht. Kathrin, Mateo, die Lehrer, die Leute in der Schule, die Bullen. Alle **wissen**, *wie ich bin.*

Marie sah im Sitzen an sich herab und blieb an ihren Füßen hängen, die in Schuhen steckten, die auch niemanden anderes aus ihr machen konnten, obwohl sie eigentlich einem anderen Mädchen gehörten. Es waren die bequemsten Schuhe, die Marie hatte.

»Ich weiß nicht, wer ich bin, wenn ich **ich** bin«, flüsterte Marie und stand auf. Es hätte nur ein Gedanke sein sollen, aber es war so plötzlich und stark gewesen, dass er ihr einfach über die Lippen getaumelt war.

»Was meinst du?«, fragte Dr. Lichel und blieb stehen. In den Augen der Frau mittleren Alters glaubte Marie, ein neugieriges Schimmern zu entdecken - sie hatte sofort begriffen, dass Marie etwas Wichtiges herausgerutscht war. Aber das Mädchen zuckte nur mit den Schultern.

»Hab nur laut gedacht.«

Dr. Lichel gab sich geschlagen und führte Marie durch den Vorraum und den Flur, blieb aber ein paar Meter vor der Tür stehen und stellte eine letzte Frage: »Du hast vorhin erzählt, dieser Mann am Bach hat euch angeschrien und so lange beleidigt, dass du ausgerastet bist. **Was** kann dich so provozieren? Marie? Magst du mir das vielleicht noch sagen? Hat er irgendeinen wunden Punkt getroffen, über den wir beide vielleicht noch beim nächsten Mal reden sollten?«

Marie sah nicht auf. »Er hat Kathrin beleidigt und Mateo und ein bisschen mich. Mehr war da nicht, es war nur einfach zu viel auf einmal«, log Marie, ging an Dr. Lichel vorbei, öffnete selber die Tür zur Praxis und ging, ohne sich zu verabschieden. Im Treppenhaus warteten ihre Großeltern auf sie. Beide.

Ärmel über die Narben ziehen

Die Lüge ist schon um die halbe Welt gelaufen, da zieht sich die Wahrheit noch die Schuhe an, hieß es.

Aber es hieß auch: *Wo die Wahrheit bekannt wird, steht sie größer, als jede Lüge jemals könnte.*

Kathrin stellte fest, dass für Gerüchte beides galt, weil sie aus beidem bestanden, eine kleine Portion Wahrheit und einer Menge Lüge. Sie verbreiteten sich blitzschnell wie Lügen und hielten sich so hartnäckig, als ob sie wahr wären. Besonders in der Schule. Besonders, wenn es um Marie ging.

Am ersten Tag nach den Ferien bemerkte Kathrin schon die Blicke, die sie und Marie verfolgten, als sie vor der ersten Stunde den Schulhof hinauf zum Haupteingang gingen. Sie fühlte die Blicke und hörte das Getuschel über etwas Neues, das unbedingt weitererzählt werden musste. Als dann in der ersten Stunde klar war, dass Mateo nicht zur Schule kommen würde, kannte die Gerüchteküche kein Halten mehr und d hatte bis zur zweiten Pause in der halben Schule die Runde gemacht.

Natürlich **wusste** niemand tatsächlich, was passiert war, aber wie Gerüchte eben funktionierten, **glaubten** alle zu wissen, was passiert war. Marie hätte ihm die Hand mit einem Schraubendreher durchbohrt. Mit einem Schraubenzieher? Das ging doch gar nicht! Das musste schon ein Messer gewesen sein! Im Streit? Wahrscheinlich einfach so aus Spaß! »Du weißt doch, wie Marie drauf ist!« Der war so was schon zuzutrauen. Aus Spaß oder aus Langeweile auf jemandem loszugehen. Sogar auf den einzigen Freund, der es mit ihr aushielt. Oder nicht?

Am dritten Tag nach den Ferien kam Mateo wieder, die rechte Hand in einem dicken Verband eingewickelt. Und Marie und Mateo begrüßten sich in der Schule wie vor den Ferien. Sie hingen zu dritt in den Pausen herum, genau wie früher und außer, dass Mateo manchmal noch zuckte, wenn er seine Hand zu sehr belastete, konnte Kathrin nicht wirklich irgendeine Veränderung wahrnehmen. Nicht an Marie, nicht an Mateo. Nicht zwischen ihnen drei und auch nicht zwischen den beiden. Sie sprachen nicht darüber und als das erste Mal jemand »Killerin!« hinter Marie hinterherrief, schleuderte sie einfach ihre Federmäppchen nach ihm und drohte, zu ihm nach vorne zu kommen und ihm das Maul zu stopfen, damit es nicht mehr so aufreißen können würde. Aber das war Marie. Das war normal ...

Mateo war so still und undurchschaubar wie immer - Kathrin gestand sich ein, dass wenn er und Marie nicht so eng miteinander gewesen wären, hätte sie selber wahrscheinlich nie etwas mit ihm zu tun gehabt. Und jetzt hatten sie eigentlich auch nichts miteinander zu tun außer Marie, deren beide besten Freunde nicht miteinander befreundet waren. Das war von alleine so schräg, da konnte eine eigentlich nichts mehr überraschen.

Auch nicht, dass sie nicht über den Abend gesprochen hatten. Oder über Mateos Zeit im

Krankenhaus. Oder wie schlimm die Verletzung wirklich gewesen war. Kathrin nicht, weil sie nicht befreundet waren und Marie nicht - weil Marie alles Unangenehme so gut wie möglich entweder in Schweigen erstickte - oder darauf einschlug, bis es keinen Laut mehr machte.

Und was war eigentlich mit Kathrin selbst? Wie sollte sie sich fühlen, wie sollte sie damit klarkommen.

Kathrin hatte die ersten Nächte Albträume gehabt. Das Blut war immer wieder vor ihren Augen aufgeleuchtet und in der Nacht auf Montag - den ersten Tag nach den Ferien - war es so eindringlich gewesen, der metallene Geruch in ihrer Nase, die klebrige Wärme auf ihren Händen, dass sie sich mitten in der Nacht hatte übergeben müssen. Nur zu einem Viertel wach hatte sie es gerade noch zum Papierkorb neben ihrem Schreibtisch geschafft. Sie hatte Angst gehabt, wenn sie auch nicht gewusst hatte, wovor. Angst sich umzudrehen. Angst wieder die Augen zu schließen.

Sie war nicht die Einzige gewesen. Die restlichen Ferien seit **dem Abend** hatten ihre Eltern Angst gehabt, aber Kathrin war standhaft geblieben und war nicht von der Geschichte abgewichen, die sie auch schon an dem Abend so oft erzählt hatte. Und ihre Eltern hatten sie zögernd geschluckt. Sie kannten Marie auch, die beiden Mädchen waren seit der Grundschule befreundet. Die Unfallgeschichte war für sie genauso wahrscheinlich wie jede andere, schlimmere Befürchtung. Aber Zweifel war geblieben, auch nach den vorsichtigen, liebevollen Gesprächen, mit denen ihre Eltern versucht hatten zu erforschen, wie gut oder schlecht sich ihre Tochter wirklich fühlte.

Kathrin hatte nicht einmal daran gedacht, ihre Freundschaft zu beenden! Hätte sie darüber nachdenken können? Dürfen? Müssen? Der Gedanke war ihr nicht ein einziges Mal gekommen. Erst jetzt grübelte sie darüber, als sie am Nachmittag die Treppe ins Kellergeschoss der Schule hinunterging. Unten waren die Technikräume. Sie wollte Marie abholen. Sie hatten sich verabredet, in die Stadt zu bummeln und vielleicht noch Mateo nach seiner Nachhilfe zu sehen, jetzt, wo es jeden Abend länger hell blieb.

»Plus ça change ... Je mehr sich die Dinge ändern, desto mehr bleiben sie gleich«, sagte die Französischlehrerin manchmal. Eigentlich ging es dabei um die immer Gleichen, die ihre Hausaufgaben nicht machten, oder so was. Aber irgendwie ... irgendwo traf das ganze auch auf Marie und sie und ihre Freundschaft zu, fand Kathrin.

Die Tür zum Technikraum stand offen. Kathrin war seit der fünften Klasse nicht mehr hier unten gewesen, aber es roch immer noch gleich, nach verbranntem Holz und verbrauchter Luft. nach Leim. Kathrin riskierte einen Blick hinein. Herr Baldung war normalerweise recht unkompliziert, was so etwas anging. Er blickte auf, sah Kathrin in der Tür stehen, hob erstaunt die Brauen und winkte sie herein. Marie saß in der ersten Reihe alleine und arbeitete an irgendwelchen Metallstücken. Sie war so in ihre Arbeit vertieft, dass sie Kathrin nicht bemerkte.

Überrascht stellte Kathrin fest, dass Lara und ihr lebender Schatten, Bastian, da waren. Manchmal fand sie es schade, dass aus den beiden nichts Ernstes mehr geworden war - sie hatte sich Mühe gegeben und sogar Marie hatte für einen, zwei Tage eine sensible Seite an sich gefunden bei dem Versuch, die zwei wieder zu kitten. Dann dachte Kathrin wieder, dass jeder und jede für sich selbst am besten entscheiden konnte, wie sie zusammenleben wollten - ob das andere nun verstanden oder nicht.

Lara und Bastian standen an einem massigen, quadratischen Tisch direkt am Eingang und betrachteten einen großen, rechteckigen und schwarzen Klotz aus Metal und Plastik, der irgendwie uralt aussah. Vorne waren eine rechteckige Klappe angebracht und ein orangeleuchtendes Display mit altmodischer digitaler Anzeige. Daneben gab es glänzende Knöpfe mit abgewetzten Aufdrucken. Ein Kabel führte hinten aus der Maschine und war in eine der über dem Tisch hängenden Steckdosen eingesteckt. Ein mechanisches Surren drang aus dem Kasten. Lara war über den Tisch und den Apparat gebeugt, hielt ihr Ohr über das Gerät und lauschte. Bastian stand daneben, guckte betreten in der Gegend herum und wusste offensichtlich nichts mit sich anzufangen. Als

Kathrin an den Tisch herantrat, blickte Lara auf, erkannte sie und lächelte.

»Was ist das?«, fragte Kathrin.

»Ein Videorekorder«, antwortete Lara begeistert, richtete sich wieder auf und strich fast zärtlich mit den Fingerspitzen über das Metall. »Die Dinger gab es früher überall. Du hast eine Kassette eingelegt und konntest dann den Film drauf anschauen. Oder was vom Fernseher drauf aufnehmen und später anschauen. Und das wieder überspielen und so weiter. Oder verschiedene Sachen hintereinander auf die Kassette aufnehmen. Und hörst du das Geräusch? Das ist die Kassette drinnen und der ganze Mechanismus läuft wieder sauber vor sich hin. Herr Baldung und ich haben ein paar Ersatzteile hergestellt und eingebaut. Ob es immer noch Filme abspielen kann, weiß ich noch nicht. Wir müssen die Tage mal gucken, ob die Schule im Keller noch einen alten Fernseher-Wagen hat. «

Laras Begeisterung war fast ansteckend, aber Kathrin blieb noch skeptisch. Das war natürlich interessante, alte Technik. Aber eben alt. Uralt. Wer hatte überhaupt noch ein Fernseher, der alt genug war, dass man so ein noch älteres Ding daran anschließen konnte. Wer hatte eigentlich noch Fernseher zu Hause, wenn man streamen konnte. Aber Marie sagte dann noch etwas, das Kathrin stutzig machte.

»Das Teil hatte mal eine Fernbedienung, aber die haben wir nicht mehr gefunden. Aber du kannst alles noch am Gerät selber steuern.« Lara tippte auf ein paar Knöpfe und mal wurde das Surren lauter, mal leiser, schneller, langsamer oder verstummte ganz. »Du konntest vorspulen, während der Film lief, und hast dann halt den Film in Zeitraffer gesehen. Das sieht echt komisch aus - ich habe Videos im Internet mit dem gleichen Effekt gesehen- überall sind dann so komische Striemen im Bild und die Stimmen klingen ganz komisch grell, weil du es ja schneller abspielst. Aber so konntest du schneller durch die Stellen kommen, die du nicht sehen wolltest und das Video dann punktgenau wieder normal abspielen lassen. Und zurückspulen konntest du so genauso. Und wenn dir nicht gefällt, was du siehst ...«

»Ja?«, fragte Kathrin und merkte jetzt erst, dass sie bei jedem Wort an Laras Lippen gehangen hatte.

»Dann hast du auf diesen roten Knopf gedrückt und einfach was anders, was gerade lieg, stattdessen aufgenommen«.

Einfach etwas Neues aufgenommen. Zurückspulen, wenn es einem besonders gefallen hat. Schnell vorspulen, damit man nicht in voller Länge sehen musste, was man nicht ertragen konnte. Das schlimmste auf dem Band einfach verschwinden lassen aber den Rest behalten. Verschwinden lassen für immer. Behalten für immer. Neues hinzufügen ... für immer.

Kathrin blickte von Lara zu Bastian, der an seinen Nägeln kaute und wieder zurück zu Lara mit ihren grünen Augen, die vor Begeisterung und Stolz glänzten.

»Heutzutage ist das Teil ja schon irgendwie nutzlos.«

»Zugegeben«, grinste Lara, ohne sich die Stimmung versauern zu lassen.

»Aber irgendwo finde ich die Idee schon gut. Das Teil hat was für sich.«

»Ey, Messerstecherin!«, rief ihnen ein Junge hinterher, während Kathrin und Marie den Schulhof hinab Richtung Straße gingen. Nervös blickte Kathrin zu ihrer Freundin hinüber. Sie zuckte, sofort hatten sich ihre Fäuste geballt, aber sie starrte vor sich, ging weiter, schielte auf die Atemwölkchen, die plötzlich größer vor ihrem Gesicht waberten.

»Nur so ein kleines Arschloch«, versuchte Kathrin sie zu beruhigen.

»Humph«, atmete Marie hörbar und wütend aus und ging weiter. »Es könnte schlimmer sein. Lass uns einfach gehen, damit wir rechtzeitig kommen, wenn Mateo fertig ist.«

Es konnte schlimmer sein.

So lange man nicht sein eigenes Leben vor- und zurückspulen konnte, war das wahrscheinlich wahr. Egal, wer man war.

Wie es weitergeht:

ALEX MARONGUE

SCHULSCHLUSS

Die Schulzeit ist vorbei. Morgen werden die Zehntklässler ihre Abschlusszeugnisse erhalten. Viele werden sich das letzte Mal sehen, ob sie es wahrhaben wollen oder nicht.
Das echte Leben beginnt.
Jeder verbringt den Tag davor auf seine Weise.
Der eine versucht sich an einer neuen Beziehung, am anderen nagt die Angst vor der Zukunft. Bastian verbringt den Nachmittag, wie er jeden freien Nachmittag verbringt: mit Lara. Seiner besten Freundin. Seiner Exfreundin. Jeder weiß, was er noch für sie fühlt, nur Lara nicht. Und so muss es bleiben. Egal, wie weh es tut. Doch was er nicht ahnt: Jemand denkt an ihn. Marie, die Außenseiterin, die vor den Abschlussprüfungen wochenlang verschwunden war. Sie trägt ein Geheimnis mit sich herum, das Bastian und Lara betrifft. Das alles für die beiden verändern könnte. Und von dem sie nicht weiß, was sie damit machen soll. Heute Abend wird die letzte Chance sein, eine Entscheidung zu treffen.

Wias bisher geschah:

ALEX MARONGUE

HONIGSCHARF

Bastian ist vierzehn Jahre alt, Lara ist fünfzehn. Sie sind seit über einem Jahr in der gleichen Klasse, aber eigentlich kennen sie sich gar nicht. Bis zu einem Nachmittag im Frühsommer, wenn ein Zufall sie zusammenführt - und einander näherbringt.

Rasant fallen beide kopfüber in eine Freundschaft, ohne zu wissen, wo sie Grenzen ziehen müssen, wie weit sie gehen wollen - oder sollten.
Denn Lara trägt einiges von ihrem alten Leben mit sich, wovon nur wenige wissen, auch Bastian nicht.
Und Bastian genießt das Neue, das Verführerische und Aufregende - und riskiert sich und andere im Rausch zu verlieren.